꽃으로

박완서를

읽다

Reading Park Wan-suh with Flowers
By Kim Min Cheol

Published by Hangilsa Publishing Co. Ltd., Korea, 2019

김민철 지음

꽃
으
로

박
완
서
를

읽
다

한길사

꽃의 작가 박완서를 말하다
프롤로그

　박완서 소설을 읽으며 '유난히 꽃이 많이 나오네'라고
생각한 적이 있는가. 어떤 특징을 지닌 꽃인지, 소설에서
의 역할은 무엇인지 궁금해한 적이 있는가. 이 책은 그런
사람들을 위한 책이다.

　소설에서 주요 소재나 상징으로 등장하는 꽃을 찾아
그 의미를 알아보는 것은 내 오랜 관심사였다. 예를 들어
박완서의『그 많던 싱아는 누가 다 먹었을까』는 제목에
서부터 싱아가 나오는데, 어떤 대목에서 싱아가 나오는
지, 싱아는 어떤 식물이며 소설에서 어떤 역할을 하는지,
어디에 가면 싱아를 볼 수 있는지 등을 전하는 것이다.

　꽃에 관심을 갖고 공부한 지 17년, 꽃에 대한 글을 본
격적으로 쓴 지도 7년쯤이 지났다. 학창 시절부터 수많은
소설을 읽으며 문학담당기자를 꿈꾸었고, 기자 생활을

하면서도 문학에 대한 관심을 놓지 않았다. 지금도 사람들의 기억에 남을 만한 소설을 쓰고 싶은 꿈이 있다. 특히 박완서의 열렬한 팬인 것은 말할 필요도 없다.

그동안 문학과 꽃을 주제로 세 권의 책을 냈다. 덕담이겠지만 문학과 꽃을 넘나들며 재미있게 썼다는 말을 들을 때면 보람을 느낀다. 그런데 글을 쓰면서 한 가지 고민이 있었다. 꽃이 나오는 박완서 소설이 하도 많아서 어떤 작품을 선택해야 할지 고민일 때가 많았다. 문득 꽃이 나오는 박완서 소설만 모아보면 어떨까 하는 생각이 들었다. 싱아, 능소화, 박태기나무는 물론 주변에서 흔히 볼 수 있는 분꽃, 채송화, 꽈리까지도 박완서의 손길이 스치면 승은을 입은 궁녀처럼 '그저 꽃'이 아니지 않았던가. 박완서가 꽃의 아름다움을 드러내며 문학적인 상징까지 불어넣었기 때문이다.

박완서 소설에는 꽃이 많이 나올 뿐 아니라 꽃에 대한 묘사도 훌륭하다. 꽃을 주인공의 성격이나 감정에 이입(移入)하는 방식도 탁월하다. 능소화를 '분홍빛 혀'나 '장작더미에서 타오르는 불꽃'에 비유한 『아주 오래된 농담』, 버스 차장이 되기를 희망하며 상경한 순박한 시골 처녀가 처음 이성에게 느낀 떨림을 박태기꽃에 비유한 「친절한 복희씨」 등이 대표적이다.

책을 쓰려고 하니 1970–80년대 나오거나 그 이후에 나왔더라도 읽지 못한 소설이 적지 않았다. 박완서는 1970년에 데뷔한 후 40년간 15편의 장편과 10여 권의 소설집을 출간했다. 많은 독자의 사랑을 받았거나 화제에 오른 소설, 평론가들이 주목하는 소설, 교과서에 나오는 소설은 이번에 다시 읽었다.

이렇게 해서 박완서 소설 가운데 꽃이 주요 소재나 상징으로 쓰인 작품 24편을 찾았다. 꽃이 나오지는 않지만 주제나 소재가 비슷해서 소개한 작품까지 합하면 대략 35편 정도다. 「거저나 마찬가지」를 쓰면서 소재가 비슷한 「저문 날의 삽화 2」를 불러온다거나, 「카메라와 워커」를 쓰면서 주인공이 장성해 나오는 「엄마의 말뚝 3」을 꺼내거나, 「나의 가장 나종 지니인 것」을 쓰면서 남편의 말기암 투병을 다룬 「여덟 개의 모자로 남은 당신」을 전하는 식이다.

이 글을 쓰면서 가장 어려웠던 점은 참고할 만한 책이나 자료가 없었다는 것이다. 국회도서관 사이트를 검색하면 박완서 소설에 관한 석·박사 학위 논문만 330편이 넘는다. 박완서 소설만을 연구해 펴낸 책도 열 권이 넘었다. 그러나 박완서 소설에 등장하는 꽃과 식물에 주목한 논문이나 책은 없었다. 꽃을 잘 아는 사람은 소설에, 소설을 잘 아는 사람은 꽃에 익숙하지 않은 경우가 많아 마땅히 물어볼 만한 사람도 없었다. 그러니까 이 책은 꽃으로 박완서에 접근한 첫 시도인 셈이다. 박완서 소설은 크게 한국전쟁 증언, 중산층의 허위의식 비판, 여성문학, 노년의 삶 등 네 주제로 나눈다. 이 책의 구성도 이 분류를 따랐고, 이어 박완서와 꽃의 관계 등을 별도의 장으로 소개했다.

책에서 꼭 다루고 싶었으나 꽃이 나오지 않거나 의미가 약해서 넣지 못한 소설이 적지 않다. 「엄마의 말뚝」, 「흑과부」, 『살아있는 날의 시작』, 「마른 꽃」, 「도둑맞은 가난」 등은 좀 무리해서라도 다루고 싶었으나 주요 소재나 상징으로 쓰인 꽃을 찾지 못해 포기할 수밖에 없었다. 반면 복수초, 조팝나무, 상사화, 배롱나무 등은 작가의 구리 노란집에도 심어져 있고 작가가 산문집 등에서 자주 얘기한 식물이었는데 역시 소설에서는 찾지 못해 다룰 수 없었다.

원고를 마무리하고 보니 몇 가지 의도치 않은 결과가 있었다. 우선 박완서의 데뷔작 『나목』부터 노년에 발표한 소설집 『친절한 복희씨』까지 작가의 작품이 골고루 포함되었다. 작가는 자신이 겪은 이야기를, 그것도 통째로 드러내는 데서 문학적 힘을 얻었다. 문학평론가 김윤식은 박완서를 "자기 이야기를 자기 이야기처럼 쓴 작가"라고 말했다. 독자가 이 책을 읽으면 박완서의 생애를 어느 정도 이해할 수 있을 것 같다. 글 사이사이에 작가의 에피소드와 육성을 넣었기 때문에 더욱 생생함을 느낄 수도 있다.

소설에 해당 꽃을 쓴 이유를 짐작하느라 박완서가 어느 동네, 어떤 집에서 어떤 환경에 접해 살았는지 도표를 그려가면서 살펴야 했다.

또 박완서 소설에 나오는 꽃들을 소개하다보니 우리가 주변에서 쉽게 볼 수 있는 꽃들이 많이 실렸다. 이로써 아쉬운 대로 꽃에 대한 입문서 역할도 할 수 있을 것 같다. 초·중·고교 교과서에 나오는 박완서 소설은 거의 모두 담았다. 역시 내 의지와 상관없이 좋은 작품이라고 주목받는 소설을 고르다 보니 저절로 얻은 결과다. 이 책이 박완서 소설과 생애를 전체적으로 조명하는 개론서 역할을 할 수 있을 것 같다.

한 해를 꼬박 박완서 소설에 묻혀 살았다. 돌이켜보니 대한민국 최고의 소설을 다시 읽으며 고민한 시간이었다. 때로는 감탄하고 때로는 끄덕이며 소설을 읽고 글을 썼다.

대부분의 경우 소설에서 꽃이 핵심은 아닐 것이다. 그러나 여러 사람이 박완서와 작품에 대한 다양한 분석을 시도하고 있으니, 꽃을 중심으로 접근해보는 것도 좋지 않겠는가. 특히 이 책을 쓰면서 꽃으로 박완서를 읽는 것이 박완서의 작품세계에 대한 이해의 폭을 한층 넓히는 것이 아닐까, 나아가 박완서 소설의 아름다움을 극대화해 읽는 방법이 아닐까 하는 생각이 들었다. 어떻든 박완서 소설만을 모아 원 없이 꽃 이야기를 쓰고 나니 속이 후련하다.

책이 나오기까지 많은 분의 도움이 있었다. 먼저 아내 김혜란은 책의 구상부터 교정 단계까지 꼼꼼하게 살피고 용기를 주었다. 또한 많은 분들이 귀한 꽃사진을 흔쾌히 제공해주었다. 예쁘고 개성 있는 책을 만들어준 한길사 관계자들에게도 머리 숙여 감사를 드린다.

2020년 1월은 박완서 작가의 9주기다. 이 책을 읽고 독자들이 야생화 공부도 하면서 박완서 소설을 다시 또는 새롭게 읽고 싶은 마음이 들었으면 좋겠다. 자, 이제 책과 함께 꽃의 작가, 박완서의 세계로 들어가 보자.

2019년 가을
김민철

중산층의 허위의식을 드러내다

조잘대는 시냇물에 떠내려 오는 복사꽃잎

「그리움을 위하여」 | 복사꽃

화냥기 있는 꽃

「그리움을 위하여」는 박완서가 2001년 발표한 단편소설이다. 이 작품은 물 흐르듯 자연스러우면서도 현란한 문장, 사태의 본질을 꿰뚫는 시선, 꽃을 양념처럼 살짝 얹는 솜씨 등 박완서 글쓰기의 특징을 골고루 담고 있다.

비교적 부유한 '나'는 어렸을 때 한 집에서 자란 사촌동생을 파출부처럼 부린다. 사촌동생은 남편이 빚보증을 잘못 서서 집을 날려 경제적 어려움을 겪고 있다. '나'는 "수고비를 넉넉히 쳐주니까 동생도 바라는 바"일 거라고 자위한다. 사촌동생은 바지런한 데다 음식과 살림 솜씨가 좋았고 얼굴도 예뻤다. 젊어서 어른들이 '인물값 할까봐' 걱정할 정도였다.

나와 사촌동생이 차례로 남편을 여읜 후, 사촌동생은

남해 사량도라는 섬 민박집에 피서를 간다. 그런데 동생은 몇 주가 지나도록 감감무소식이다. '나'는 그 민박집에서 동생을 부려먹고 있을 거라 단정하고 맹렬한 적의를 느낀다. 그러나 동생은 뒤늦게 전화를 걸어와 그 섬의 점잖은 선주船主와 사랑에 빠져 결혼하기로 했다고 말한다. 사촌동생의 말을 들으며 '나'가 느끼는 감정은 복잡하면서도 재미있다.

나는 그 목소리를 들으며 명랑하게 조잘대는 시냇물 위로 점점이 떠내려 오는 복사꽃잎을 떠올렸다. 다음 날 물메기 말린 걸 한보따리 들고 내 앞에 나타난 동생을 보자 그저 반갑기만 해서 허둥대며 맞아들였다. 석 달 만에 만난 동생은 어찌나 생기가 넘치는지, 첫 근친 온 딸자식이라 해도 그만하면 시집 잘 갔구나 마음을 놓고 말 것 같았다.

'나'는 동생을 보고 "조잘대는 시냇물 위로 점점이 떠내려 오는 복사꽃잎"을 떠올린다. 복사꽃잎을 알고 있는 사람이나 화사한 복사꽃의 이미지가 떠오르는 사람이라면 이 문장이 얼마나 보석 같은지 알 것이다. 어떻게 목소리를 복사꽃잎에 비유할 생각을 했을까. 전형적으로

복사꽃은 꽃 안쪽으로 갈수록 색깔이 붉어져 요염한 느낌을 준다.
과일꽃 가운데 가장 섹시한 꽃이 아닐까 싶다.

청각을 시각화한 문장이다.

복사꽃복숭아꽃은 연분홍색인데 꽃 안쪽으로 갈수록 색깔이 붉어져 요염한 느낌을 준다. 과일꽃 가운데 가장 섹시한 꽃이 아닐까 싶다. 박완서가 즐겨 쓰는 표현으로 '화냥기'가 느껴지는 꽃이다. 조지훈의 시 「승무」에서 "복사꽃 고운 뺨에 아롱질 듯 두 방울이여"라는 구절이 괜히 나오지 않았을 것이다.

소설에서 사촌동생은 나이가 환갑이 넘었지만 "볼이 늘 발그레하고 주름살이라곤 없는데 살피듬까지 좋아서 오십대 초반으로밖에" 보이지 않는다. 그런 사촌동생을 꽃에 비유한다면 복사꽃이 가장 잘 어울릴 것 같다. 이처럼 박완서는 꽃 하나를 선택해도 최적의 꽃을 택한다. 작가가 어떤 꽃을 선택할까 고심한 끝에 복사꽃을 떠올렸다면 분명 딱 들어맞는 표현이나 문장을 발견했을 때 느낀다는 '황홀경'을 경험하지 않았을까 싶다.

박완서는 『그 산이 정말 거기 있었을까』에서도 여인의 요요함을 복사꽃에 비유했다. 이 소설에 오빠의 죽은 전처에 대해 "그가 여자의 얼굴에 피어난 복사꽃 같은 요요함만 보고, 그 안에 번창하는 고약한 병균에는 눈멀어 열병처럼 사랑하고"라고 표현한 구절이 있다.

복사꽃은 한국인이 가장 좋아하는 화가 이중섭의 그림에 자주 나온다. 이중섭의 그림 「벚꽃 위의 새」는 은은한 푸른빛을 배경으로 하얀 새 한 마리가 가지에 앉는 순간을 포착한 그림인데 사실은 벚꽃이 아니라 복사꽃을 그린 것이다. 이중섭은 주변에 아픈 사람이 있으면 쾌유를 비는 의미에서 천도복숭아를 그려주었다. 그의 그림에서 복사꽃은 무릉도원, 즉 낙원을 상징하는 꽃이다.

다시 소설로 돌아가 보면, 사촌동생은 "영감님하고 둘이서라면 죽어도 그만이다 싶은데 뭐가 무섭겠어"라고

이중섭, 「벚꽃 위의 새」. 그림 속 꽃은 제목과 달리 벚꽃이 아니라 복사꽃이다.

말한다. '나'는 동생이 행복해하는 것을 보고 그동안 동생을 자매애가 아닌 상전의식으로 바라보았음을 느낀다. "동생에게 항상 베푸는 입장이라는 우월감"을 지니고 있었다는 점을 인정한 것이다. 그러면서 이내 동생의 행복을 빌어주고 동생이 사는 사량도에 대한 아련한 그리움을 지닌다. 「그리움을 위하여」라는 제목은 이 부분에서 따온 것 같다.

박완서는 2007년 10월 이 소설이 실린 소설집 『친절한 복희씨』 출간 기념 기자간담회에서 "「그리움을 위하여」는 실제로 제 사촌동생 얘기"라며 "동생은 소설에서처럼 사량도 어부와 결혼해서 지금도 그곳에서 살고 있다"고 말했다.

「그리움을 위하여」에 "동생은 음식 솜씨가 좋았다. 구메구메 해놓고 가는 밑반찬은 누가 맛있다고 칭찬만 해주면 아낌없이 덜어줄 수 있을 만큼 넉넉하기도 하다"라는 문장이 있다. 문학평론가 김윤식은 그의 저서 『내가 읽은 박완서』에서 "구메구메라는 부사가 보석처럼 작품 전체에 딱 하나 박혀 있다. 금강석은 단 하나면 족한 것"이라고 극찬했다. 해당 글의 제목도 아예 「아주 멋지게 쓰는 부사 하나」라고 달았다. 모르고 읽어도 큰 지장이

사과나무꽃은 분홍색을 띠다 활짝 피면서 흰색으로 변한다. 분홍색이 아직
남아 있을 때가 가장 예쁘다. 향기도 좋다.

없지만 정확한 뜻이 궁금해 찾아보니 '구메구메'는 '남모
르게 틈틈이'라는 뜻이었다. '구메구메'의 방언이라는 '구
미구미'는 박완서 소설 곳곳에 나온다. '구메구메'가 보
석처럼 작품 전체에 딱 하나 박혀 있는 것처럼, 복사꽃도
작품 전체에 딱 한 번 나온다. 복사꽃도 단 한 번으로 족
한 것 같다.

원예종 뺨치는 과일꽃의 자태

사과나무꽃이 어떻게 생겼는지 떠오르는가. 과일을 좋
아하는 사람은 많지만 과일꽃에 관심을 갖는 사람은 많

지 않은 것 같다. 과일꽃이 피는 4-5월엔 온갖 꽃이 만발할 때여서 과일꽃까지 눈에 들어오지 않을 것이다. 그러나 과일꽃이 자태가 웬만한 원예종 꽃이나 야생화 못지않다. 특히 사과꽃, 배꽃, 복사꽃, 앵두꽃, 모과꽃 등은 꽃도 어여쁜 데다 얘깃거리도 많다.

사과나무꽃은 하얀 꽃잎 다섯 장에 황금색 꽃술이 달린다. 꽃봉오리는 처음에는 분홍색을 띠다 활짝 피면서 흰색으로 변하는데 분홍색이 아직 남아 있을 때가 가장 예쁘다. 그즈음 사과꽃은 수줍어 살짝 붉어진 아가씨의 볼을 연상시킨다. 사과꽃은 향기가 좋다. 이 향기는 잘 익은 사과가 가득 담긴 박스를 처음 열었을 때 나는 냄새와 비슷하다. 맑고 싱그러운 향기다.

은희경의 소설 『새의 선물』에선 사과꽃 향기가 조숙한 소녀의 풋사랑을 상징한다. 『새의 선물』은 남도의 소읍에 사는 조숙한 소녀가 주인공인 성장소설이다. 삼촌의 서울 친구 허석이 서울에서 남도로 내려왔을 때 가족들은 심야 영화를 본 다음 과수원길로 산책을 간다. 이것이 풋사랑의 시작이다.

가슴이 설레는 걸 보면 진정 나는 사랑에 빠진 모양이다.

과수원이 가까워질수록 꽃향기가 진해진다. 사과꽃 냄새다. 삼촌과 허석이 앞서서 걷고 그 뒤를 나와 이모가 따라간다. 어두운 숲길에는 정적이 깃들어 있고 사과꽃 향기와 풀벌레 소리, 그리고 하늘에는 별도 있다. (…) 나에게 느껴지는 것은 다만 허석, 그와 밤 숲길과 사과꽃 향기뿐이다. 사과꽃 향기에 쌓여 그와 내가 봄 숲길을 걸어가고 있는 것이다.

과수원의 사과나무꽃은 이 소설에서 반복해 등장하는 아름다운 장면이다. '나'는 허석이 그리울 때마다 8월의 뜨거운 햇볕을 받으며 풋사과가 매달린 과수원길을 한없이 걷는다. 풋사랑이라 당연히 이루어질 수 없는 사랑이지만…. 요즘은 서울 종로 길거리나 공원 같은 곳에도 사과나무를 많이 심어놓아 과수원까지 가지 않아도 맑은 사과꽃 향기를 맡을 수 있다.

공지영 소설 『높고 푸른 사다리』에는 "배꽃 같은 여자" 소희가 나온다. 이 소설은 신부 서품을 앞둔 젊은 수사修士 요한이 세속 여성과 사랑에 빠져 방황하다가 성숙해가는 과정을 담고 있다. 젊은 수사를 사랑에 빠지게 한 주인공은 아빠스Abbas, 대수도원 원장의 조카 소희였다. 요한

배꽃은 이화(梨花)라고 부르기도 한다. 흰색 꽃잎 다섯 장에
검은 점을 단 꽃술이 조화를 이룬다.

수사가 소희를 처음 만나는 장면은 다음과 같다.

불암산, 요셉 수도원, 흰 배꽃… 그래, 그녀의 이름을 여
기에서 처음 발음해보기로 한다. 김소희, 소화 데레사. 처
음 보았을 때 그녀는 헐렁한 완두콩빛 스웨터에 무릎까지
오는 나풀거리는 흰 스커트를 입었고 납작하고 세련된 연
둣빛 데크슈즈를 신고 있었다. 내가 멀리서 그 아름답고
하늘하늘한 실루엣을 처음 바라보았을 때 그녀는 다른 수
사와 배꽃 사이를 걷고 있었다. 어깨까지 오는 생머리를
쓸어 올리다가 함께 걷던 수사의 무슨 말인가에 그녀는

고개를 뒤로 젖히고 웃어댔다. 내가 처음 본 것은 그런 그녀의 모습이었다.

검은 수도복을 입었지만 스물아홉 살의 젊은 요한 수사에게 "흰 배꽃 사이로 걸어가던 그녀의 무릎 아래서 흔들리던 흰 스커트"가 자꾸 떠오르는 것은 자연스러운 현상일 것이다. 요한 수사는 아빠스의 지시에 따라 소희의 논문 연구를 도와주면서 자연스럽게 가까워지며 사랑에 빠진다. 그러나 요한 수사는 신부 서품을 앞둔 "하느님의 사람"이었다. 더구나 소희에게는 어릴 때 약속한 헌신적인 약혼자가 있었다. 결국 소희는 떠나고 요한은 이별의 고통을 겪는다.

배꽃은 흰색 꽃잎 다섯 장에 검은 점을 단 꽃술이 조화를 이루어 깨끗하면서도 품격이 느껴지는 꽃이다. 은은한 향기도 좋다. 특히 5월 산들바람에 하얀 꽃잎이 흩날리는 모습은 환상적이다. 매력적인 여성의 상징으로 손색없는 꽃이다.

이 소설을 읽고 배꽃이 필 무렵 불암산 기슭에 있는 요셉 수도원경기도 남양주에 가보았다. 나풀거리는 흰 스커트를 입고, 흰 배꽃 사이를 걷는 아가씨는 볼 수 없었지만,

앵두나무는 추위와 더위에 강해 전국 각지에서 볼 수 있다. 크게 자라지 않고
땅에서 가지가 많이 나오는 것이 특징이다.

드넓은 과수원에서 마침 절정에 이른 하얀 배꽃을 원 없이 볼 수 있었다.

앵두나무꽃은 동글동글 귀여운 꽃잎의 꽃술 아랫부분에 붉은빛이 돌아 쉽게 구분할 수 있다. 경복궁에 가면 유난히 앵두나무가 많은 것을 볼 수 있다. 경복궁에 앵두나무가 많은 데는 사연이 있다. 『문종실록』에는 문종이 왕세자 시절 앵두나무를 심었다는 기록이 나온다. 세종이 앵두를 좋아하는 것을 알고, 효심이 깊은 문종이 손수 앵두나무를 심고 직접 물을 주면서 정성껏 길렀다는 것이다. 세종은 "여러 곳에서 진상하는 앵두도 많지만 세자

봄에 진한 분홍색으로 피어나는 모과꽃. 모과 열매와 달리 예쁜 모과꽃은
잔가지 끝에 한 송이씩 핀다.

가 따다준 앵두라 더욱 맛이 있다"며 세자의 효심을 칭찬
했다.

　모과는 무엇보다 울퉁불퉁 못생긴 것이 특징이다. "어
물전 망신은 꼴뚜기가, 과일전 망신은 모과가 시킨다"는
말까지 있을 정도다. 그러나 꽃이 피면 상황이 180도 달
라진다. 봄에 진한 분홍색으로 피어나는 모과꽃이 뜻밖
에도 아주 매혹적이기 때문이다. 게다가 향기까지 아주
좋다. 과일꽃 가운데 여왕을 뽑는다면 아마 모과꽃이 차
지할 것이라고 말하는 사람도 있다. 나도 모과꽃을 고를
것 같다. 모과나무는 꽃도 예쁘지만 수피도 아름답다. 매

끄러운 줄기에 있는 얼룩얼룩한 무늬가 한 번 보면 잊기 어려울 정도로 인상적이다.

이처럼 과일나무들은 과실만 주는 것이 아니라 예쁜 꽃도 선사하는 고마운 나무들이다. 따뜻한 봄날 과일나무가 있으면 꼭 한 번 꽃과 눈을 마주쳐보기 바란다.

누워서 보는 꽃

「거저나 마찬가지」| 때죽나무

인간의 위선을 보여주다

박완서의 단편 「거저나 마찬가지」는 한자리에서 독파할 수밖에 없는 작품이다. 가난하지만 순박한 사람들을 이용하는 운동권 출신 사람들의 이야기가 충격적인 데다, 이용당하는 사람들에 대한 답답함과 안타까움에 책을 놓기 어렵기 때문이다.

주인공 영숙은 대학을 중퇴하고 친척이 운영하는 공장에 취직한다. 운동권이 위장취업할 무렵이었다. 주인공은 동료 직원이자 고교 선배인 '미스 서' 언니의 부탁으로 노동자들을 선동하는 글을 써주다 해고를 당한다. 그런데 '미스 서' 언니는 운동권 남편을 옥바라지하면서 겉으로는 민중을 위하는 척하지만 속내는 완전 다른 사람이었다. 그녀는 영숙에게 원고 윤문을 시키고 쥐꼬리만

한 대가를 준다. 어느 날 언니는 시골의 허름한 농가를 전세금 500만 원만 내고 쓰라면서 500만 원이면 "거저나 마찬가지"라는 말과 함께 영숙에게 내준다.

영숙이 언니 농가에서 텃밭을 일구고 살면서 주변 땅값이 크게 오른다. 시대가 바뀌어 언니와 언니의 남편은 각각 시민단체와 공직에서 승승장구하게 된다. 언니는 주말에 친구들을 데리고 영숙에게 내준 집에 와서 영숙을 파출부 취급하며 자기 별장이나 주말농장처럼 사용한다. 영숙은 자신이 언니에게 "이용만 당했다"는 사실을 깨닫는다.

한편 영숙은 밀린 월급도 제대로 받지 못하는 무능력한 애인 기남에게 아이를 갖자고 하지만 기남은 자식까지 고생시키기 싫다면서 이를 거절한다. 영숙은 더 이상 "거저나 마찬가지"인 삶을 살지 않겠다고 외친다. 그 집 근처 숲에는 "꽃이 하얗게 만개해 그윽한 향기를 풍기고 있는" 때죽나무가 있었다.

꽃이 만개한 때죽나무 아래는 순결한 짐승이나 언어가 생기기 전, 태초의 남녀의 사랑의 보금자리처럼 향기롭고 은밀하고 폭신했다. 기남이는 기다린 시간보다 늦게 왔고

아래에서 바라본 때죽나무꽃. 헤아릴 수 없을 만큼 많은 하얀 꽃이
일제히 아래를 향해 핀 모습이 장관이다.

일찍 가야 한다는 소리 먼저 했으므로 백자 과반에 깨물
고 싶게 육감적인 자두로 장식한 식탁에 마주 앉아 말로
푸는 회포의 시간을 생략하고 곧장 때죽나무 그늘로 데리
고 갔다.(……)
나는 그가 머뭇거리지 못하게 얼른 그의 손에서 길 잃은
피임기구를 빼앗아 내 등 뒤에 깔고 눈을 질끈 감아버렸
다. 내가 눈을 떴을 때 내 눈높이로 기남이의 얼굴이 떠오
르든 때죽나무 꽃 가장귀가 떠오르든 나는 후회하지 않을
것이다.

꽃은 대부분 위를 보고 피는데 때죽나무꽃은 일제히 아래를 내려다보고 핀다. 헤아릴 수 없을 만큼 많은 하얀 꽃이 일제히 아래를 향해 핀 모습이 장관이다. 그래서 때죽나무 꽃을 제대로 감상하려면 아래에서 보는 것이 최고다. 드러누워도 좋다. 영숙이가 눈을 떴을 때 무엇이 보였을까. 굳이 "때죽나무 아래"인 것은 박완서가 소설에 배치한 일종의 재미나 유머 아닐까 싶다. 작가가 때죽나무꽃이 만개했을 때 아래에서 본 적이 있기에 이런 표현을 했을 것이다.

박완서가 자주 산책 다닌 아차산에도 때죽나무가 많았다. 작가의 산문집 『두부』를 보면 노란집에서 밤나무숲 위쪽으로 각종 활엽수 사이에 산벚꽃나무, 때죽나무 등이 섞여 있었다는 구절이 나온다.

박완서는 「거저나 마찬가지」를 통해 '운동'을 내걸며 서민들을 이용해 먹고 나중에 권력과 부를 차지하면 '서민의 삶' 따위는 나몰라라 하는 인간의 위선을 보여주고 싶었던 것 같다.

「거저나 마찬가지」는 작가가 1987-88년에 발표한 「저문 날의 삽화」 연작소설 다섯 편 가운데 두 번째 작품과 짝을 이룬다. 「저문 날의 삽화」 연작은 등장인물이나 줄거리상의 연속성은 크지 않으나 모두 중년의 여성 화자가 등장한다는 공통점이 있다. 이 연작소설은 중년의 삶에서 벌어지는 사건들을 다루는데 뜻밖에도 「저문 날의 삽화 2」에 폭력적인 운동권 출신 남편이 등장한다.

이 소설의 주인공은 운동권에 가담했다가 수사기관에서 모진 고문을 받아 정신질환을 앓고 요양원에 입원한 아들을 둔 어머니다. 주인공은 한때 "내가 이해할 수 없는 이상에 목숨을 걸고 싶어한" 아들이 하루 빨리 완쾌해 사회에 복귀하기를 바란다.

그녀의 아파트 바로 위층에는 과거 자신이 국어 교사 시절에 가르쳤던 제자 가연이 살고 있다. 주인공은 가연의 남편도 운동권 출신임을 알고 연대감을 느낀다. 그런데 가연을 통해 듣는 가연의 남편은 이상한 운동권이다. 처가 덕으로 살아가면서도 "판검사나 의사가 당연하게 받는 처가 덕을 왜 운동권 인사는 감지덕지 비굴하게 받느냐"고 오히려 큰소리를 치는 데다 담뱃불로 가연의 허벅지를 지지는 가정폭력까지 저지르는 사람이다. 주인공은 가연에게 "그 사람은 가짜"라며 자립할 것을 강하게 권고한다.

이 소설이 나온 1980년대 후반에 나는 대학을 다니고 있었다. 운동권 행태에 조금 못마땅한 점이 있어도 부채 의식 때문에 그들을 너그럽게 바라볼 때였는데, 대학 도 서관 신간코너에서 운동권가짜 운동권이긴 하지만을 정면으로 비판한 「저문 날의 삽화 2」를 읽고 충격받은 기억이 있 다. 박완서는 아니다 싶으면 집권층이든 운동권이든 매 섭게 비판하는 작가다.

2001년 이문열 작가가 진보진영을 '홍위병'이라고 비 판해 분서焚書를 당했을 때 대다수 문인은 침묵했다. 그 러나 박완서는 인터뷰를 자청해 "내가 이문열과 같은 생 각을 하는 것은 아니다. 하지만 문학이 모욕당하는데 그 냥 넘기는 것은 도리가 아니다"라며 목소리를 냈다.

작가는 2007년 「채널예스」와의 인터뷰에서 자신의 정 치적 성향에 대해 "반골 기질이긴 한데, 좀 이상한 반골 기질"이라며 "진보가 정권을 잡으면 보수적이 되고, 보수 가 정권을 잡으면 진보를 지지하니까요. 반골이라는 말 이 딱 맞아요"라고 말했다.

포도송이 같은 쪽동백나무꽃

때죽나무는 산에서는 물론 공원에서도 많이 볼 수 있 다. 공해에도 끄떡없이 잘 자라기 때문에 가로수로 심어

쪽동백나무꽃.
스무 송이 정도가 모여 포도송이
같은 꽃차례를 이룬다.

도 아주 좋은 나무다. 마취 성분이 있어 잎과 열매를 찧어서 물에 풀면 물고기들이 기절해 떠오른다. 그래서 물고기가 떼로 죽는다고 때죽나무라 불렀다는 얘기가 있다. 또 가을에 주렁주렁 달린 때죽나무 열매를 보면 마치 머리를 민 스님들이 모여 있는 것 같다. 여기서 의미하는 '떼중'을 떠올리며 때죽나무라 불렀다는 얘기도 있다. 검은 수피 때문에 '때가 많은 껍질 나무'라고 해서 이 같은 이름을 붙였다는 설도 있다. 영어로는 '스노벨Snowbell'이라고 불린다.

때죽나무와 아주 비슷한 나무로 쪽동백나무가 있다.

두 나무는 꽃과 열매, 나무껍질 모두 비슷하지만 잎 모양이 다르다. 때죽나무는 잎이 작고 긴 타원형이며 끝이 뾰족한 반면 쪽동백나무는 잎이 손바닥만큼 크고 원형에 가깝다. 쪽동백나무 꽃은 스무 송이 정도가 모여 포도송이 같은 꽃차례를 이루지만 때죽나무는 잎겨드랑이에서 2-5개씩 꽃줄기가 나와 아래를 향해 피는 것도 차이점이다.

등산을 하다보면 같은 산이라도 때죽나무는 주로 낮은 곳에서, 쪽동백나무는 산 중턱쯤에서 흔히 볼 수 있다. 쪽동백이라는 이름은 기름을 짜는 나무의 대명사인 '동백'에 쪽배처럼 '작다'는 의미의 접두사 '쪽'을 붙인 것이다.

화려한 팜므파탈

『아주 오래된 농담』| 능소화

지나치게 대담하고 눈부시게 요염한 꽃

박완서 소설은 크게 두 가지로 나눌 수 있다. 하나는 한국전쟁과 분단의 아픔을 다뤘고 다른 하나는 자본주의 사회를 살아가는 사람들의 일상을 세심하게 관찰해 그 이면에 있는 진실을 드러낸다. 『아주 오래된 농담』은 후자에 속하는 대표적인 작품이다. 편안하게 술술 읽히지만 그 편안함 속에 사람들의 허위의식을 찌르는 날카로움이 있는 것이 박완서 문학의 특징인데, 이 소설은 그 점을 유감없이 보여주고 있다.

능소화가 어떤 꽃인지 모르고 이 소설을 읽으면 답답할 수 있다. 소설의 초반부부터 능소화가 아주 강렬한 이미지로 등장하기 때문이다.

소설의 주인공 심영빈은 40대 중반의 성공한 의사다.

영빈이 30여 년 만에 초등학교 동창 유현금을 만나 바람을 피우는 것이 이 소설의 기본 뼈대고, 여기에 여동생 영묘가 재벌가의 맏며느리로 시집간 후 남편과 사별하기까지의 과정, 딸만 둘을 둔 스트레스로 남편 몰래 태아를 지워가면서 마침내 아들을 낳는 아내의 이야기 등이 교차한다.

어린 시절 하굣길에 현금은 느닷없이 공부 잘하는 영빈과 친구 한광을 가로막고 이렇게 말한다.

느네들 둘 다 의사될 거라면서? 잘났어. 난 훌륭하고 돈도 많이 버는 의사하고 결혼할 건데. 약 오르지롱. 메롱, 하고는 분홍색 혀를 날름 드러내보이곤 나풀나풀 멀어져갔다. 영빈은 그녀의 분홍색 혀가 그의 맨몸 곳곳에 도장을 찍고 스쳐간 것 같은 전율을 느꼈다. 생전 처음 느껴보는 고통스럽고도 감미로운 떨림이었다.

여기서 분홍색 혀는 능소화와 같다. 이 말을 들은 두 사람은 이후 현금을 잊지 못한다. 현금은 이층집에 살았는데, 여름이면 이층 베란다를 받치고 있는 기둥을 타고 능소화가 극성맞게 기어 올라가 난간을 온통 노을 빛깔로 뒤덮었다. "그 꽃은 지나치게 대담하고, 눈부시게 요염하여 쨍쨍한 여름날에 그 집 앞을 지날 때는 괜히 슬퍼지려고 했다."

그 무렵 그영빈는 곧잘 능소화를 타고 이층집 베란다로 기어오르는 꿈을 꾸었다. 꿈속의 창문은 검고 깊은 심연이었다. 꿈속에서도 그는 심연에 다다르지 못했다. 흐드러진 능소화가 무수한 분홍빛 혀가 되어 그의 몸 도처에 사정없이 끈끈한 도장을 찍으면 그는 그만 전신이 뿌리째 흔들리는 야릇한 쾌감으로 줄기를 놓치고 밑으로 추락하면서 깨어났다.

현금도 어린 시절을 회상하면서 능소화에 대해 이야기하는 장면이 나온다.

능소화가 만발했을 때 베란다에 서면 마치 내가 마녀가 된 것 같았어. 발밑에서 장작더미가 활활 타오르면서 불꽃이 온몸을 핥는 것 같아서 황홀해지곤 했지.

박완서의 능소화에 대한 묘사는 화려하기 이를 데 없

서울 주택가 담장에 핀 능소화. 연한 주황색 능소화는 꽃이 싱싱한 상태에서 송이째 떨어진다.
하늘 높이 오르는 꽃이라는 뜻으로 기생꽃이라는 별칭을 지녔다.

다. 능소화는 무수한 분홍빛 혀가 되기도 하고, 장작더미에서 활활 타오르는 불꽃이 되기도 한다. 이처럼 이 소설에서 능소화는 여주인공 현금처럼 '팜므파탈' 이미지를 지닌 화려한 꽃으로 등장한다.

능소화가 '기생꽃'이라는 별칭도 갖고 있는 것을 보면 사람들이 보는 느낌은 비슷한 모양이다. '기생꽃'은 능소화가 늘 화려한 자태로 요염함을 자랑하다 마지막까지 그 모습 그대로 떨어지기 때문에 붙여진 별칭일 것이다. 능소화는 꽃이 질 때 동백꽃처럼 시들지 않고 싱싱한 상태에서 송이째 떨어진다. 물론 능소화가 저녁노을 같은 파스텔톤 연한 주황색을 띠는 것에 주목해 요염함보다는 차분한 느낌을 준다는 사람들도 있다.

작가는 이 소설을 통해 자본주의 사회를 고발하고 싶었던 것 같다. 이 책 「작가의 말」에서 "장차 이 소설을 이끌어갈 줄거리는, 환자는 자기 몸에서 일어나고 있는 일에 대해 주치의가 알고 있는 것만큼은 알 권리가 있다고 생각하는 의사와 가족애를 빙자하여 진실을 은폐하려는 가족과 그것을 옹호하는 사회적 통념과의 갈등이 될 것"이라고 했다. 소설엔 영묘의 남편 경호가 폐암 말기 진단을 받았는데도 자신이 폐암에 걸렸는지도 모르는 상태에서 고통받다 생을 마감하는 내용이 상당 부분 담겨 있다. 여기에다 재벌가 며느리인 영묘의 삶을 통해 여성의 현실과 돈, 즉 자본주의의 횡포를 비판한다.

「작가의 말」을 다시 읽으면서 작가가 쓰고자 하는 바 대신 엉뚱하게도 꽃에만 관심을 기울인 것은 아닌지 걱정이 되었다. 그러나 문학평론가 김윤식도 『내가 읽은 박완서』에서 이 소설의 능소화에 주목한 것을 보고 안심했다. 그는 이 소설을 평하면서 "능소화를 인간으로 바꾸어 이름을 현금이라 한 것은 소설적 방편에 지나지 않는다. 능소화는 현금이고 돈이고 자본주의에 더도 덜도 아니었다"고 했다. 김윤식은 나아가 "능소화가 부리는 조화에 모든 사건성이 허깨비모양 출렁거리는 소설"이라고 말할 정도였다.

능소화는 하늘 높이 오르는 꽃

능소화凌霄花의 한자는 오를 능凌에 하늘 소霄, 꽃 화花여서 '하늘 높이 오르는 꽃'이란 뜻이다. 해석이 만만치 않은 글자 조합인데, 덩굴이 10여 미터 이상 감고 올라가 하늘을 온통 덮은 것처럼 보인다는 뜻으로 해석할 수 있다.

능소화에는 임금을 그리워하다 죽은 궁녀에 대한 슬픈 사연이 전해진다. '소화'라는 어여쁜 궁녀가 임금의 눈에 띄어 하룻밤 승은을 입었다. 그 뒤로 임금은 소화의 처소를 찾아오지 않았다. 소화는 담장을 서성이며 임금의 발소리라도 나지 않을까, 그림자라도 비치지 않을까 간절히 기다렸지만 임금은 오지 않았다. 소화는 지쳐서 시름시름 앓다가 세상을 떠나면서 '담장가에 묻혀 임금님을 기다리겠노라'는 유언을 남겼다. 땅에 묻힌 소화는 담장가에서 조금이라도 더 멀리 밖을 내다보려고 높이 자랐고 발소리를 잘 들으려고 꽃잎을 넓게 벌린 꽃을 피웠다. 사람들은 그 꽃을 '소화'라는 궁녀의 이름을 따서 능소화라고 불렀다.

능소화는 양반집에서 많이 심었기 때문에 '양반화'라고도 불렀다. 여름에 전통적인 양반 동네였던 서울 북촌에 가면 지금도 이 집 저 집에 능소화가 만발한 것을 볼 수 있다. 평민집에서 능소화를 심으면 관아에 불려가 곤장을 맞았다는 얘기도 있다. 박경리의 『토지』에서도 능소화가 최참판 댁의 상징으로 나온다. "환이 눈앞에 별안간 능소화 꽃이 떠오른다. 능소화가 피어 있는 최참판 댁 담장이 떠오른다"는 대목이 있다. 능소화는 일명 '어사화'라고 해서 문과에 장원급제한 사람이 귀향길에 오를 때 머리의 관에 꽂던 꽃이기도 하다.

야생화 공부를 시작하고 얼마 지나지 않아 능소화를 알았을 때 그 연한 주황색 색깔과 자태가 너무 좋았다. 그래서 4월 어느 날 고향에 내려가는 길에 나무시장에서 능소화 한 그루를 사서 고향집 베란다 기둥에 심었다. 능소화는 금새 베란다까지 가지를 뻗었지만 그해 꽃을 피우진 않았다. 아버지는 아들이 심은 나무라고 정성스럽게 가꾸셨다. 가끔 우리 딸이 『아주 오래된 농담』의 현금이처럼 이층 베란다에서 활짝 핀 능소화 무리를 바라보는 장면을 상상하기도 했다.

다음 해 여름에는 화려한 능소화를 볼 수 있겠다고 기대했는데, 어느 날 집에 내려가 보니 나무가 흔적도 없이 사라졌다. "능소화를 집 안에서 키우면 좋지 않다"는 친척의 이야기를 듣고 아버지가 나무를 뽑아버렸다는 것이다. 허탈했지만 이미 뽑아 없앤 나무를 어떻게 하겠는가.

"능소화를 집 안에서 키우면 좋지 않다"는 말은 능소화 꽃가루가 갈고리 같은 구조여서 눈에 들어가면 실명失明에 이를 수 있다는 속설 때문에 나온 것이다. 그러나 능소화 꽃가루 때문에 시력을 잃을 위험은 없다는 것이 전

능소화는 담장이나 벽을 타고 올라가는 덩굴성 나무다. 색깔이 연하고
꽃 모양도 균형이 잘 잡혔다.

문가들의 의견이다. 수백 년 동안 별문제 없이 집 안팎에서 자라고 꽃을 피운 것이 가장 강력한 증거다. 이유미 국립수목원장은 한 신문에 기고한 글에서 "연구 결과, 능소화의 꽃가루는 표면이 가시 또는 갈고리 형태가 아닌 매끈한 그물망 모양"이라며 "오해와 소문에 묶여 이 아름다운 여름꽃 능소화가 우리 곁에 가까이 오기까지 시간이 걸린 셈"이라고 말했다.

능소화는 중국이 원산인 덩굴성 나무다. 흡착근이 있어 고목이나 담장, 벽을 잘 타고 10미터 높이까지 올라간다. 회갈색 나무껍질은 세로로 잘 벗겨져 줄기가 지저분

미국능소화는 우리 능소화보다 꽃이 더 빨갛고 꽃통도 훨씬 길쭉하다.

해 보인다. 꽃은 7-9월 장마철에 피는데 질 때는 꽃잎 그대로 뚝 떨어지는 것이 특징이다.

우리 동네의 한 집에서 능소화가 자라는 것을 보았다. 한여름 그 집 담장 밑에는 줄기에 매달려 활짝 피어 있는 꽃보다 더 많은 능소화 꽃잎이 주황색 바다를 이루며 흩어져 있다. 담장이나 벽을 타고 올라가는 능소화도 아름답지만, 고목을 타고 올라가는 능소화가 가장 능소화다운 것 같다.

최근에는 우리 주변에서도 능소화를 쉽게 볼 수 있다. 여름에 경부고속도로는 물론 서울 올림픽대로의 방음벽이나 방벽을 타고 올라가 주황색 꽃을 피우는 식물이 바로 능소화다. 서울 남부터미널 외벽에도 수십 그루의 능소화가 연주황색 능소화 군락을 이루고, 한남동 국회의장 공관에도 고목을 타고 오르는 멋진 능소화가 있어서 촬영 명소가 되었다. 요즘 길거리에서 흔히 볼 수 있어서 꽃 이름을 알려주면 "아, 이게 바로 능소화구나"라고 반응할 것이다.

한 가지 아쉬운 점은 미국능소화가 점차 늘어나고 있다는 점이다. 우리 아파트 단지 방음벽에도 능소화를 심었는데, 꽃이 핀 것을 보니 미국능소화였다. 미국능소화는 꽃이 더 빨갛고 꽃통도 훨씬 길쭉하다. 마치 값싼 붉은 립스틱을 잔뜩 바른 것 같다. 그에 비해 우리 능소화는 색깔이 연하면서 더 곱고 꽃 모양도 균형이 잘 맞아 더 예쁘다. 기왕 심을 거면 미국능소화가 아닌 우리 능소화를 심으면 좋겠다.

달맞이꽃 터지는 소리
「티타임의 모녀」 | 달맞이꽃

아득하고 먼 곳에서 들려오는 소리

박완서가 1993년 발표한 「티타임의 모녀」는 부잣집에서 태어나 최고의 대학을 나온 운동권 남편과 사는 여공 출신 아내의 이야기다. 작가 특유의 섬세하고 날카로운 문체로 주인공의 소외감과 불안감을 잘 드러낸 작품이다.

대형 아파트에 사는 주인공은 파출부인 엄마가 아파트에 와서 이것저것 감탄하며 파출부 티를 내는 것이 못마땅하다. 고등학교도 제대로 졸업하지 못하고 공장에서 일하던 주인공은 위장취업한 남편을 만난다. 처음 남편이 대학을 나와 노동현장에 뛰어들었다는 것을 알았을 때 주인공은 도망치려 했다. 평생 무시당하며 살기 싫어서였다. 그러나 남편은 쫓아와 자신이 꿈꾸는 세상은 서

달맞이꽃은 저녁에 피었다가 아침에 꽃잎을 닫는다.

로 무시하거나 억압하지 않는 세상이라며 책임지겠다는
말로 그녀를 설득한다.

　아들 지훈이를 낳고 서울 변두리 어느 3층집 옥탑 방
에 살 때가 가장 행복한 시절이었다. 집주인이 여러 야생
화를 심어놓은 그 옥상엔 달맞이꽃도 피었다.

　아득하고 먼 곳에서 들려오는 소리를 놓치지 않으려는 듯
그이는 잔뜩 긴장하고 있었다. 나도 방금 달을 밀어올린
숲이 웅성대는 걸 어렴풋이 느낄 수가 있었다. 그 웅성거
림은 미세한 바람이 되어 우리가 앉은 옥상의 공기를 소

곤소곤 흔들고 있는 것 같았다. 이런 것이 행복이라는 거 아닐까, 나는 그 시간이 흘러가는 게 아까웠다.

가만, 가만 저 소리 안 들려?

나는 입도 뻥긋 안 했건만 그이는 한 손으로 내 입을 틀어 막는 시늉을 하면서 청각을 곤두세웠다. 나는 아무 소리 도 못 들었다. 다만 지훈이의 나스르르한 앞머리가 가볍 게 나부끼는 걸 보았다.

아아, 달맞이꽃 터지는 소리였어.

그이가 비로소 긴장에서 해방된 듯 가뿐한 소리를 냈다.

먼저 "아득하고 먼 곳에서 들려오는 소리"라는 표현이 좀 친숙하다 싶어 기억을 더듬어보니 변영로의 시 「봄 비」의 첫 구절과 운율이 비슷하다. 작가의 맏딸 호원숙은 『여성동아』 인터뷰에서 "엄마는 어릴 적 비가 오는 봄밤 에는 저희를 무릎에 누이고 '나즉하고, 그윽하게 부르는 소리 있어, 나아가보니'로 시작하는 변영로 시인의 「봄 비」를 읊어주곤 하셨다"고 말했다. 박완서가 자주 읊던 시의 운율이 자연스럽게 소설에 스민 것 같다.

소설에서 남편은 "이름을 알면 꽃이 다르게 보인다"며 도감을 찾든 집주인에게 묻든 어떻게든 꽃 이름을 알아내 아들 지훈이에게 알려주었다. 들꽃 지식은 남편이 주인공보다 많이 아는 것 가운데 주인공을 유일하게 주눅들게 하지 않는 것이었다. 더구나 남편이 들풀을 좋아한다는 걸 알고 나서부터 주인공은 남편과 함께 농사지으며 사는 미래를 꿈꿀 수 있었다.

그러나 아들 지훈이가 옥상에서 떨어지면서 상황이 완전히 달라졌다. 남편은 으리으리한 병원에 아들을 입원시켰고, 뇌수술 최고 권위자가 수술을 했다. 그 병원은 남편 집안이 경영하는 병원이었다. 그런데 남편을 포함한 시댁 식구들은 아들의 상태에만 관심이 있고 자신은 없는 사람 취급하는 것이 참담했다.

아들이 병원에서 퇴원하자마자 주인공은 곧바로 대형 아파트에 입주했다. 그러나 그녀는 "자다가라도 이 집이 내 집이라는 편안함을 맛본 적이 없다"면서 불편해한다. 주인공의 엄마는 "치마폭에 안겨준 복도 누리질 못하고 조바심을 해쌓냐"고 그녀를 타박한다. "장손을 낳아준 아들 며느리한테 이 정도가 뭐 대수냐"는 것이다.

그러나 남편 친구들이 "전화위복이지 뭐냐고 그이의 어깨를 치면서 하는 말은 지훈이의 회복만을 의미하지는 않았을 것"이고, 남편도 "어디선가 부르는 소리"에 귀를 기울이고 있는 것 같다. 남편이 계속 운동권에 헌신해야 남편과의 관계도 유지될 것 같은데, 다시 안락한 삶으로 돌아온 남편은 흔들리고 있는 것 같다. 박완서는 그런 남편의 행동을 달맞이꽃 필 때 귀 기울이던 모습에 비유하면서 주인공의 불안한 심리를 절묘하게 표현했다.

달이 뜨면 피는 꽃

달맞이꽃은 바늘꽃과의 두해살이풀이다. 여름에 꽃잎이 네 장으로 이루어진 밝은 노란색 꽃이 잎겨드랑이마다 한 개씩 달린다. 꽃은 이름처럼 저녁에 피었다가 아침에 시든다. 저녁에 꽃이 피는 이유는 주로 밤에 활동하는 박각시나 나방 등 야행성 곤충이 꽃가루받이를 도와주기 때문이다.

겨울철 공터에 가보면 땅바닥에 잎을 방석 모양으로 둥글게 펴고 바싹 엎드려 있는 식물들을 볼 수 있다. 대표적으로 냉이, 민들레, 애기똥풀, 뽀리뱅이 등이 있는데, 그 모양이 마치 장미꽃송이 같다고 로제트rosette형이라 부른다. 그중 잎의 가장자리가 붉게 물들어 붉지도 푸르지도 않은 색으로 자라는 식물이 달맞이꽃이다. 달맞이꽃은 이런 형태로 겨울을 견디다가 봄이 오자마자 재빨리

달맞이꽃은 이름 그대로 달이 뜨는 저녁에 피기 때문에 사진에 담기가
어렵다. 이 사진은 보름달을 배경으로 달맞이꽃을 제대로 담았다.
가만히 보고 있으면 달맞이꽃 피는 소리가 들릴 것 같다.

새순을 틔워 쑥쑥 자라는 식물이다.

달맞이꽃은 어릴 때부터 보아온 아주 친근한 식물이지만 고향은 남아메리카 칠레인 귀화식물이다. 하지만 일찍이 우리나라에 들어와 자리 잡고 씨앗을 퍼뜨려 이제 전국 어디서나 흔히 볼 수 있다. 숲이 많이 우거진 곳에서는 살지 못하고 사람들이 파헤쳐 공터를 만들어 놓았거나 길을 만든 가장자리 또는 경사지에서 흔히 볼 수 있다. 길쭉한 주머니 같은 열매 속에 까만 씨앗이 들어 있는데 한때 이 씨앗으로 짠 기름이 성인병에 좋다고 유행한 적이 있다.

요즘에는 낮에 꽃이 피도록 개량한 낮달맞이꽃도 주택가 화단에 많이 있다. 낮달맞이꽃은 달맞이꽃보다 꽃이 좀더 크다. 낮에 피면서 분홍색인 분홍낮달맞이꽃도 점점 늘어나고 있다.

달맞이꽃은 이름 그대로 달이 뜨는 저녁에 꽃이 피기 때문에 사진에 예쁘게 담기가 참 어렵다. 「티타임의 모녀」에 나오는 대로 달맞이꽃이 필 때 실제로 소리가 나는지는 아직 확인하지 못했다. 어떤 식물책에도 나오지 않아서 달맞이꽃 피는 밤에 몇 번 확인해보려고 했지만 모두 실패했다. 서울 시내여서였을까 아주 고요한 곳이

달맞이꽃을 낮에 피도록 개량한 낮달맞이꽃도 주변 화단에 늘어나고 있다.
사진은 낮에 피면서 분홍색인 분홍낮달맞이꽃이다.

아니어서였을까. 아니면 충분히 귀를 기울이지 않아서였을까. 어느 정도 크기의 소리인지 모르겠지만, 법정스님의 일화에 이 달맞이꽃 피는 소리가 많이 나온다.

다음은 『동아일보』 2003년 7월 28일자 오명철 문화부장이 전남 순천 불일암에서 법정스님과 3박 4일 지낸 이야기를 쓴 글의 일부다.

밤 8시경 달맞이꽃의 개화를 지켜보면서 승속僧俗은 일제히 탄성을 터뜨린다. 끝물의 꽃 한 송이가 망울을 터뜨리느라 애쓰는 모습을 애처롭게 보다 못한 스님이 "자, 기운내거라. 밤새 너만 보고 있을 수는 없지 않느냐"고 목소리를 높이자 순간적으로 '툭' 하고 꽃망울을 터뜨리는 모습은 그야말로 '경이'驚異였다.

법정스님이 불일암에 거처할 때 암자를 찾아온 사람들에게 달맞이꽃 피는 모습을 보여준 것 같다. 이해인 수녀님도 생전 법정스님에게 보내는 편지에서 "어느 해 여름, 노란 달맞이꽃이 바람 속에 솨아 솨아 소리를 내며 피어나는 모습을 스님과 함께 지켜보던 불일암의 그 고요한 뜰을 그리워하며 무척 오랜만에 인사 올립니다"*라고 썼다.

---

* 사단법인 '맑고 향기롭게' 홈페이지.

살아갈 힘을 주는 작은 희망

「옥상의 민들레꽃」 | 민들레

때 묻지 않은 어린아이의 마음

「옥상의 민들레꽃」은 어린아이의 시선으로 한 고급 아파트 주민들의 세태를 바라본 동화다. 이 작품은 1979년 샘터사에서 출간한 박완서의 어른을 위한 동화집 『달걀은 달걀로 갚으렴』에 수록된 글이다.

누구나 살고 싶어 하는 궁전 아파트에서 할머니 자살 사건이 잇따라 발생한다. 주민들은 대책회의를 열지만 아파트 값이 떨어지는 것을 두려워할 뿐이다. 사고 방지책으로 베란다에 쇠창살을 달자는 의견이 나왔지만 주민들은 아파트 값 하락을 우려하며 부결시킨다.

이 자리에서 어린 '나'는 자살을 막을 수 있는 방법을 알고 있다고 말하려 하지만 어른들의 방해로 쫓겨난다. 지금보다 더 어릴 때 '나'는 가족들이 자신을 사랑하지 않는 줄 알고 죽으려고 옥상에 올라갔는데 옥상에 핀 민들레꽃을 보고 자살을 포기한 적이 있었기 때문이다.

그때 나는 민들레꽃을 보았습니다. 옥상은 시멘트로 빤빤하게 발라 놓아 흙이라곤 없습니다. 그런데도 한 송이의 민들레꽃이 노랗게 피어 있었습니다. 봄에 엄마 아빠와 함께 야외로 소풍 가서 본 민들레꽃보다 훨씬 작아 꼭 내 양복의 단추만 했습니다만 그것은 틀림없는 민들레꽃이었습니다.
나는 하도 이상해서 톱니 같은 이파리를 들치고 밑동을 살펴보았습니다. 옥상의 시멘트 바닥이 조금 패인 곳에 한 숟갈도 안 되게 흙이 조금 모여 있었습니다. (…)
그러나 흙을 찾아 공중을 날던 수많은 민들레 씨앗 중에서 그래도 뿌리내릴 수 있는 한 줌의 흙을 만난 게 고맙다는 듯이 꽃은 샛노랗게 피어 달빛 속에서 곱게 웃고 있었습니다. (…) 흙이랄 것도 없는 한 줌의 먼지에 허겁지겁 뿌리 내리고 눈물겹도록 노랗게 핀 민들레꽃을 보자 나는 갑자기 부끄러운 생각이 들었습니다.

어린 주인공이 민들레는 옥상의 한 숟갈 흙이라는 열악

차가운 콘크리트 틈새에 핀
서양민들레. 흙이 조금만 있는
척박한 환경에서도 잘 자란다.

한 환경에서도 뿌리를 내리고 곱게 웃으며 꽃을 피우는
데, 자신은 생명을 하찮게 여기고 함부로 버리려 한 사실
에 부끄러움을 느끼는 장면이다. 그러고 나서 '나'는 집으
로 돌아가 따뜻하게 반겨주는 가족들의 사랑을 확인한다.

이처럼 박완서는 민들레꽃을 통해 어린아이의 눈으로
바라본 어른들의 모습을 그려내면서 생명의 소중함도 자
연스럽게 드러내고 있다. 작가는 이 동화가 담긴 책『자
전거 도둑』의 「작가의 말」에서 "내 나름으로 열심히 때
묻지 않은 정신과 교감을 시도했다는 걸로도 각별한 애
착이 가는 글"이라고 말했다.

문 둘레에 피는 꽃?

민들레는 국화과 여러해살이풀로, 햇볕이 잘 드는 산과 들, 길가 공터에서 흔히 볼 수 있다. 「옥상의 민들레꽃」에서처럼 흙이 조금만 있는 척박한 환경에서도 잘 자란다. 민들레는 꽃대 하나가 한 송이 꽃처럼 보이지만, 실은 수십 개의 작은 꽃송이가 모여 있다. 국화과 식물의 특징이다.

민들레는 친근하고 서민적인 꽃이다. 누가 와서 밟아도 꿋꿋이 견디며 꽃을 피우기 때문에 강인한 생명력의 상징이기도 하다. 그렇기 때문에 이 동화에서처럼 여러 예술 분야에서 서민과 희망의 상징으로 많이 쓰였다.

진보 정당인 정의당은 2013년 새 당명의 후보로 '민들레당'을 검토하기도 했다. 민들레와 함께 꽃다지, 담쟁이, 엉겅퀴 등도 이념적인 상징으로 많이 쓰이는 식물이다.

민들레라는 이름은 어디에서 나온 것일까. 2019년 개봉한 영화 「말모이」에서 조선어학회 대표 정환은 민들레 이름의 유래가 '문둘레'라고 말한다. 옛날에 문 둘레에 민들레가 흔해 이 같은 이름이 생겼다는 것이다. 『꽃들이 나에게 들려준 이야기』의 저자 이재능은 '문둘레' 유래설을 부정하지 않으면서 이렇게 이야기했다.

귀한 토종 민들레가 소담스럽게 피어 있다.

어쩌면 숲도 밭도 논도 아닌 밋밋한 들판 아무 곳에나 피는 꽃, 그러니까 '민들에' 지천으로 피고 지는 꽃으로 봐줘도 그럴싸하지 않은가. (…) 수백 수천 년을 불러온 꽃 이름의 의미를 알아내기란 50대조 할아버지 초상화 그리기보다 어려운 일이다.

민들레의 영어 이름은 댄디라이언dandelion으로, 사자의 이빨이란 뜻이다. 잎에 있는 톱날처럼 생긴 결각 때문에 붙은 이름이다.

사람들이 흔히 민들레라 부르는 것에는 토종 민들레와

토종 민들레(왼쪽)는 꽃을 감싸는 총포 조각이 위로 딱 붙어 있지만
서양민들레(오른쪽)는 아래로 젖혀져 있다. 색깔로 두 꽃을 쉽게 구분할 수 있다.

귀화식물인 서양민들레가 있다. 이 둘을 구분하는 것이
야생화 공부의 시작이다. 서양민들레는 꽃을 감싸는 총
포 조각이 아래로 젖혀져 있지만, 토종 민들레는 총포 조
각이 위로 딱 붙어 있는 것이 특징이다. 이것을 알면 이
두 식물을 쉽게 구분할 수 있다. 민들레를 보면 꽃대를
젖혀 살펴보는 사람들이 있는데, 토종인지 외래종인지
확인하려는 것이다. 그러나 자주 보다 보면 굳이 총포를
살펴보지 않아도 두 민들레를 구분할 수 있는 시기가 온
다. 서양민들레는 꽃 색깔이 샛노랗지만 토종 민들레는
연한 노란색으로 담백해 보이기 때문이다. 또 토종 민들

레는 잎 결각이 덜 파인 편이지만 서양민들레는 깊이 파인 점도 다르다.

요즘엔 토종 민들레 대신 귀화한 서양민들레가 더 흔하다. 서울 같은 도심에서는 토종 민들레를 찾아보기 힘들 정도로 서양민들레가 대부분을 차지하고 있다.

서양민들레가 토종 민들레를 밀어내고 세력을 키울 수 있는 이유는 왕성한 번식력 때문이다. 토종 민들레는 4-5월에 꽃이 딱 한 번만 피지만 서양민들레는 봄부터 초가을까지 여러 번 꽃을 피워 활발하게 번식할 수 있다. 꽃송이 하나당 맺히는 씨앗의 수도 서양민들레가 훨씬 많다.

토종 민들레와 서양민들레가 좋아하는 서식지는 서로 비슷한데 서양민들레가 그 자리를 선점하면서 토종 민들레가 설 자리를 잃어가고 있다. 요즘은 시골에서도 토종 민들레 구경하기가 쉽지 않다. 꽃 색깔이 하얀 흰민들레도 있는데 이 민들레 역시 토종이다.

흔히 볼 수 있는 꽃인 만큼 민들레에 관한 여러 가지 오해가 있다. 그 가운데 하나가 '홀씨'라는 단어다. 「민들레 홀씨 되어」라는 1980년대 대중가요 때문인지 사람들이 흔히 '민들레 홀씨'라는 말을 사용하는데, 이는 잘못

된 표현이다. 홀씨는 식물이 무성 생식을 하기 위해 형성하는 생식 세포를 말한다. 따라서 홀씨는 고사리같이 무성생식을 하는 식물에 맞는 표현이다. 엄연히 수술과 암술이 있는 민들레는 홀씨가 아니라 꽃씨 또는 씨앗이라고 해야 맞다.

민중가요 가운데 「민들레처럼」이라는 노래가 있다. 좌절을 느끼거나 자존심 상할 때 이 가사를 음미하면서 위안을 얻을 때가 있다.

민들레 꽃처럼 살아야 한다
무수한 발길에 짓밟힌데도 민들레처럼
특별하지 않을지라도 결코 빛나지 않을지라도
흔하고 너른 들풀과 어우러져
거침없이 피어나는 민들레

이 노래에는 투혼이나 해방 같은 직설적인 운동권 용어도 나오지만 서정적인 노래로 들어도 좋다. 아마 박완서 작가의 마음도 이 노래에 나오는 가사와 크게 다르지 않았을 것이다.

바람은 우아한 물결을 일으키고

「자전거 도둑」 보리밭

열여섯 소년의 성장 일기

「자전거 도둑」은 박완서가 쓴 동화로 중학교 교과서에 실린 작품이다. 1970년대 돈과 요령만 밝히는 어른들 틈에서 자신을 지키려 노력하는 열여섯 살 수남이의 성장 일기를 그렸다.

주인공 수남이는 시골에서 상경해 청계천 세운상가 전기용품 도매상에서 일한다. 수남이는 열심히 일해 주변 사람들에게 칭찬을 받는다. 주인 영감은 그런 수남이에게 "내년 봄 시험 봐서 고등학교에 가라"고 독려하고, 수남이는 고등학교에 갈 생각만 하면 "심장에 짜릿한 감전을 일으키며 가슴을 온통 휘젓는 이상한 힘"이 생긴다.

수남이는 고향을 그릴 때마다 "바람이 물결치는 보리밭"을 생각한다. 그가 일하는 가게 골목에 바람이 거세게

불자 수남이는 시골 풍경을 떠올린다.

　시골의 바람 부는 날 풍경이 생생하게 떠올랐다. 보리밭
은 바람을 얼마나 우아하게 탈 줄 아는가, 큰 나무는 바람
에 얼마나 안달맞게 들까부는가, 큰 나무와 작은 나무가
함께 사는 숲은 바람에 얼마나 우렁차고 비통하게 포효하
는가, 그것을 알고 있는 것은 이 골목에서 자기 혼자뿐이
라는 생각이 수남이를 고독하게 했다.

　바람이 심하게 부는 어느 날 주인 영감은 수남이에게
배달을 다녀오라고 한다. 수남이는 배달하던 도중 자전
거가 바람에 넘어져 옆에 세워둔 자동차에 작은 흠집을
내고 만다. 차 주인은 수남이에게 수리비 오천 원을 가지
고 오라며 수남이의 자전거에 자물쇠를 채운다. 이 사건
을 구경하던 사람들이 수남이에게 자전거를 가지고 도망
가라고 부추기자 수남이는 자전거를 들고 가게로 돌아
온다.
　주인 영감은 수남이가 한 짓을 나무라기는커녕 잘했다
고 칭찬한다. 하지만 수남이는 도둑질만은 하지 말라고
당부한 아버지와 도둑질을 해서 순경에게 잡혀가던 형의

바람에 물결치는 보리밭. ©도랑가재

모습을 떠올리며 죄책감을 느낀다. 결국 수남이는 주인 영감의 이중성에 실망하면서 "도덕적으로 자기를 견제해 줄 어른"을 그리워하며 고향으로 돌아간다.

수남이가 죄책감 때문에 귀향하려고 짐을 꾸릴 때도 다시 보리밭이 등장한다. 동화의 마지막 부분이다.

소년은 아버지가 그리웠다. 도덕적으로 자기를 견제해줄 어른이 그리웠다. 주인 영감님은 자기가 한 짓을 나무라 기는커녕 손해 안 난 것만 좋아서 '오늘 운 텄다'고 좋아 하지 않았던가.

수남이는 짐을 꾸렸다. 아아, 내일도 바람이 불었으면. 바람이 물결치는 보리밭을 보았으면.

마침내 결심을 굳힌 수남이의 얼굴은 누런 똥빛이 말끔히
가시고, 소년다운 청순함으로 빛났다.

이 동화에서 보리밭은 도시 생활을 하는 열여섯 살 소
년에게 향수의 대상이자 순수했던 시절의 상징이다. 「자
전거 도둑」은 박완서가 1979년 샘터사에서 낸 첫 동화집
『달걀은 달걀로 갚으렴』에 수록한 동화 가운데 하나였다.
1999년에 다림 출판사는 박완서의 동화 몇 편을 추려 어
린이들을 위해 다시 책으로 펴낼 때 「자전거 도둑」을 표
제작으로 삼았다.

이 작품을 처음 발표한 지 40년, 재수록한 지도 20년이
지났기 때문에 '수남이가 한 행동이 도둑질인가'에 대한
작가와 독자의 견해가 서로 다를 수 있다. 어찌되었든 남
에게 피해를 주고도 책임지지 않고 도망간 수남이의 행
동이 잘못되었다고 생각할 수도 있지만 바람 때문에 어
쩔 수 없이 벌어진 일인데 가난한 점원에게 고액의 수리
비를 요구한 차 주인이 더 잘못되었다고 생각할 수도 있
다. 작가는 수남이에게 필요한 것은 "도덕적으로 견제해
줄 어른"이라는 것으로 이 문제를 해결한다.

누렇게 익어가는 보리밭.

ⓒ도랑가재

　내 또래 가운데 시골에서 자란 사람들은 보리밭에 얽힌 추억이 많을 것이다. 어릴 적 가을걷이를 끝내고 나면 바로 논에 보리를 심는 집이 많았다. 그러나 요즘엔 시골에 가도 겨울에 파란 보리밭을 보기가 쉽지 않다. 그래서 곳곳에 보리밭축제 같은 행사가 생겼을 것이다.

　보리는 본격적인 추위가 오기 전인 초겨울, 4-5센티미터쯤 자랐을 때 보리밟기를 해주어야 튼튼하게 자란다. 그렇지 않으면 너무 웃자라 수확량이 줄어든다. 우리는 밟으면 보리 싹이 부러져 못쓰게 되지 않을까 하는 생각에 조심조심 밟았다. 그러면 어른들은 "건성건성 밟지 말고 꾹꾹 밟아라"고 했다. 학교에서 수업을 하지 않고 보리밟기 행사에 가는 날도 있었다.

우리 옆집은 논이 많아서 일꾼들이나 가족들만으로 보리밟기를 다 할 수 없었다. 옆집 할아버지는 동네 꼬마들에게 논 한 마지기당 50원 정도의 '수당'을 약속하는 것으로 이 문제를 해결했다. 물론 우리들은 보리밭에서 놀 수 있고 용돈까지 받으니 그야말로 꿩 먹고 알 먹고였다. 그 당시 50원이면 라면 한 봉지 정도 값이라 아이들에겐 적지 않은 액수였다.

야생화 이름 백 개쯤 알면

1999년에 다림 출판사에서 출간한 『자전거 도둑』에는 「달걀은 달걀로 갚으렴」이라는 동화도 담겨 있다. 이 동화에는 산골 마을에 있는 학교의 진정한 가치를 아는 문 선생님이 나온다. 문 선생님은 6학년 아이들에게 암탉을 두 마리씩 나눠준다. 암탉을 키워 알을 낳으면 그 돈으로 수학여행 경비를 마련하자는 뜻이었다.

6학년 여자아이 봄뫼도 암탉을 집으로 가져왔는데 오빠 한뫼가 자꾸만 봄뫼의 암탉을 없애려 했다. 한뫼도 2년 전 암탉을 키워 수학여행을 다녀왔기에 이해할 수 없는 행동이었다. 문 선생님이 한뫼에게 물어보니 그에

요즘엔 시골에서도 파란 보리밭을 보기가 쉽지 않다.

게 아픈 기억이 있었다. 자신은 암탉을 소중히 대하고, 달걀 하나하나를 정성껏 모아 도시로 수학여행을 갔는데, 도시에 사는 어른과 아이들이 달걀로 장난치듯 낄낄거리는 모습을 본 것이다. 그것은 한뫼의 마음에 깊은 상처를 남겼다.

　문 선생님은 한뫼에게 이번에는 도시 아이들을 산골로 초대하자고 이야기한다. 요즘 성행하는 시골학교 체험인 것이다. 문 선생님이 한뫼를 설득하는 말 중에 다음과 같은 말이 기억에 남는다.

도시 아이들은 아마 토끼풀하고 괭이밥하고도 헷갈리는 애 천질걸. 한뫼야, 우리가 문명의 이기에 대해 모르는 건 무식한 거고, 도시 아이들이 밤나무와 떡갈나무와 참나무와 나도밤나무와 참피나무와 물푸레나무와 피나무와 가시나무와 은사시나무와 가문비나무와 전나무와 삼나무와 잣나무와 측백나무에 대해 모르는 건 유식하다는 생각일랑 제발 버려야 한다. 그건 똑같이 무식한 거니까, 너희가 특별히 주눅들 필요는 없지 않겠니. 그러나 너희들은 싫건 좋건 앞으로 문명과 만나고 길들여질 테지만, 도시 아이들에게 있는 그대로의 자연과 만나 가슴을 울렁거릴 기회는 좀처럼 없을걸. 그런 경험을 놓치고 어른이 되어 버리면 너무 불쌍하지 않니. 바로 그런 소중한 경험을 너희들은 도시 아이들한테 베풀 수가 있어. 달걀로 말이다.

나는 기회가 있을 때마다 두 딸에게 풀꽃과 나무 이름을 알려주었다. 큰딸은 예닐곱 살 때 호기심이 많아 아파트 공터에서 흔히 피어나는 꽃을 가리키며 "아빠, 이게 무슨 꽃이야"라고 물었다. 당시 나는 그것이 무슨 꽃인지 알 길이 없었다. "나중에 알려줄게"라고 얼버무렸지만 딸은 나중에도 계속해서 같은 질문을 했다. 어쩔 수 없이

씀바귀 가운데 가장 흔한 노랑선씀바귀(위)와 꽃마리(아래). 꽃마리는 꽃줄기가
말려 있다가 태엽처럼 풀리면서 피어난다고 해서 붙인 이름이다.

야생화도감을 사서 공부하기 시작했다. 나중에 알고 보니 그 꽃은 씀바귀였다. 내가 야생화 공부를 시작한 계기였다.

이후 아이들과 등산할 때나 길을 가다가 아래를 보면서 바랭이와 꽃마리 같은 풀꽃 이름을, 위를 가리키면서 물오리나무 같은 나무 이름을 알려주었다. 그 결과, 큰딸이 식물 탐사 야외학습에 가서 선생님께 '식물박사'라는 칭찬을 받았다는 말을 듣고 뿌듯했다. 우리 딸들에게 꽃 이름, 풀 이름을 알려주는 것이 장기적으로 아주 좋을 것이라고 생각한다. 언젠가는 아이들이 결정적으로 도움을 받을 것이라 믿고 있다.

이런 일도 있었다. 큰딸이 초등학교에 입학했을 때, 보도블록을 걷다가 발이 꼬여 넘어질 뻔했다. 왜 그러느냐고 묻자, 딸애는 "하마터면 꽃마리를 밟을 뻔했네"라고 했다. 보도블록 사이에서는 겨우내 엎드려 있던 꽃마리가 막 기지개를 켜고 있었다. 이름을 아니까 차마 꽃마리를 밟을 수 없었고, 그걸 피하려다 발이 꼬인 것이다.

나는 시골에서 자랐지만 어렸을 때 개나리와 진달래처럼 흔한 꽃이나 질경이와 쇠비름같이 식물채집한 풀 이름 외에는 아는 것이 별로 없었다. 어릴 때 산과 들에 흔하디 흔했던 꽃과 식물들 이름을 알면서 컸더라면 얼마나 좋았을까 하는 생각이 든다. 한 야생화 전문가는 "자녀에게 야생화 이름을 백 개쯤 가르쳐주면 심성 교육은 따로 필요 없다"고 했다. 나는 이 말이 우리 아이들에게도 꼭 맞기를 기대한다.

한
국
전
쟁
을

증
언
하
다

여덟 살 소녀의 고향 그리움

『그 많던 싱아는 누가 다 먹었을까』| 싱아

우리는 그저 자연의 일부였다

싱아는 어떻게 생겼을까. 풀일까, 나무일까. '싱아'라는 말에서 시큼한 맛이 날 것 같긴 한데 열매를 먹는 걸까, 잎을 먹는 걸까.

소설 『그 많던 싱아는 누가 다 먹었을까』 초판이 출간된 후 싱아에 대해 궁금해하는 사람이 많았는지, 박완서는 개정판을 내면서 작은 싱아 그림과 함께 설명을 붙여놓았다.

마디풀과의 여러해살이풀. 높이는 1미터 정도로 줄기가 곧으며, 6-8월에 흰 꽃이 핀다. 산기슭에서 흔히 자라고 어린잎과 줄기를 생으로 먹으면 새콤달콤한 맛이 나서 예전에는 시골 아이들이 즐겨 먹었다.

싱아꽃(위)과 줄기. 5월쯤 줄기가 연할 때 껍질을 벗겨내고 속살을 먹으면 새콤달콤하다.

『그 많던 싱아는 누가 다 먹었을까』는 박완서 자신이 코흘리개 시절부터 스무 살 대학생으로 한국전쟁을 겪기까지 과정을 담은 소설이다. 소설의 시대적 배경은 일제 강점기, 해방 후 혼란기, 한국전쟁 발발과 1·4후퇴에 걸쳐 있다. 「작가의 말」에서 "이런 글을 소설이라고 불러도 되는 건지 모르겠다. 순전히 기억력에만 의지해서 써보았다"고 할 정도로 자전적 성격이 강한 작품이다.

박완서는 자신의 고향 개풍군 박적골에서 보낸 유년 시절을 따뜻하게 그렸다. 세 살 때 아버지가 돌아가셨지만 할아버지를 비롯한 대가족의 사랑을 담뿍 받은 데다 대자연과 함께 행복한 시간을 보냈기 때문이다.

박완서는 "우리는 그저 자연의 일부였다"며 들판에서 "강아지처럼 뛰어논" 유년 시절 기억을 하나하나 끄집어낸다. 그중에서도 가장 인상적인 곳은 소나기가 내리는 장면이다.

우리가 노는 곳은 햇빛이 쨍쨍했지만 앞벌에 짙은 그림자가 짐과 동시에 소나기의 장막이 우리를 향해 쳐들어오는 것을 볼 수가 있었다. 우리는 아무도 이해할 수 없는 기성을 지르며 마을을 향해 도망치기 시작한다. (…) 그러나 소나기의 장막은 언제나 우리가 마을 추녀 끝에 몸을 가리기 전에 우리를 덮치고 만다. 채찍처럼 세차고 폭포수처럼 시원한 빗줄기가 복더위와 달음박질로 불화로처럼 단 몸뚱이를 사정없이 후려치면 우리는 드디어 폭발하고 만다. 아아, 그건 실로 폭발적인 환희였다. 우리는 하늘을 향해 미친 듯한 환성을 지르며 비를 흠뻑 맞았고, 웅성대던 들판도 덩달아 환희의 춤을 추었다.

시골에서 자란 사람이라면 주인공 '나'처럼 몰려오는 소나기를 피해 달리다 흠뻑 젖은 기억이 있을 것이다. 나도 그런 기억이 있다. 그러나 소나기가 내리는 장면을 이처럼 아름답게 묘사하는 것은 박완서가 아니면 불가능할 것 같다.

주인공 '나'는 여덟 살 때 교육열에 불타는 엄마 손에 이끌려 서울로 상경해 초등학교에 입학한다. 고향에서 마음껏 뛰놀던 소녀가 갑자기 서울 현저동 산동네에 틀어박혀 살아야 하니 고향에 대한 향수를 느끼지 않을 수 없었을 것이다. 싱아는 여덟 살 소녀가 고향을 그리워하는 마음을 상징한다.

나는 불현듯 싱아 생각이 났다. 우리 시골에선 싱아도 달개비만큼이나 흔한 풀이었다. 산기슭이나 길가 아무 데나 있었다. 그 줄기에는 마디가 있고, 찔레꽃 필 무렵 줄기가 사상 살이 오르고 연했다. 발그스름한 줄기를 꺾어서 겉껍질을 길이로 벗겨내고 속살을 먹으면 새콤달콤했다. 입 안에 군침이 돌게 신맛이, 아카시아꽃으로 상한 비위를 가라앉히는 데는 그만일 것 같았다.

나는 마치 상처 난 몸에 붙일 약초를 찾는 짐승처럼 조급하고도 간절하게 산속을 찾아 헤맸지만 싱아는 한 포기도 없었다. 그 많던 싱아는 누가 다 먹었을까? 나는 하늘이 노래질 때까지 헛구역질을 하느라 그곳과 우리 고향 뒷동산을 헷갈리고 있었다.

요즘도 싱아는 쉽게 찾기 어려운 식물이다. 국립생물자원관 김민하 연구사는 "옛날에는 싱아가 밭 주변이나 하천가 같은 곳에 많았다. 그런 서식지가 줄어들면서 요즘에는 산에 가야만 볼 수 있을 정도다"라고 말했다.

소설 배경지 주변에 싱아가 있었지만 어린 박완서가 찾지 못했을 가능성도 있다. 박완서가 싱아를 찾아 헤맨 산속은 인왕산인데, 인왕산 둘레길에 지금도 싱아 군락이 있기 때문이다. 나는 근래에도 싱아가 어떻게 생겼는지 궁금해하는 사람이 있으면 인왕산 둘레길로 데려간다. 지금도 있으니 그 당시에도 싱아가 있었을 텐데 박완서가 어렸기 때문에 찾지 못했던 것 같다.

인간의 이중성과 전쟁의 비극을 말하다

작가는 산문집 『꼴찌에게 보내는 갈채』에서 "책에서 싱아란 단어는 네 번밖에 안 나오는데 왜 그런 이름을 붙였느냐는 질문을 받은 적이 있다. 또 싱아가 어떻게 생긴 먹거리냐는 질문을 수도 없이 받았다"고 했다. 박완서는 이렇게 대답했다고 한다.

> 싱아가 중요한 건 아니다. 싱아는 내가 시골의 산야에서 스스로 먹을 수 있었던 풍부한 먹거리 중의 하나였을 뿐 산딸기나 칡뿌리, 새금풀꿩이밥로 바꿔 놓아도 무방하다. 내가 말하고 싶은 건 내 어린 날의 가장 큰 사건이었던, 자연에 순응하는 사람에서 거스르고 투쟁하는 삶으로 넘어가는 과정에서 받은 문화적인 충격이랄까 이질감에 대해서다. 나는 아직도 그런 이질감으로부터 자유롭지 못하다.

주변 인물들에 대한 섬세한 관찰과 묘사는 이 소설의 압권이라고 할 수 있다. 박완서는 조부모, 어머니, 오빠, 숙모 등 주변 인물들을 일방적으로 추켜세우거나 미화하지 않는다. 이들의 심리를 손바닥 보듯 꿰뚫어보면서 그들의 이중성과 위선을 보여준다. 작가 자신도 "교정을 보느라 다시 읽으면서 발견한 거지만 가족이나 주변 인물의 묘사가 세밀하고 가차 없는 데 비해…"라고 했다. 그러나 작가의 시선은 결국 따뜻한 이해로 이어진다.

작가는 자신에 대한 할아버지의 사랑을 "나를 볼 때 할아버지의 봉의눈은 살짝 처지는데 그 안에서 뭔가가 자글자글 끓고 있다는 것을 어린 마음에도 느낄 수가 있었다"고 표현했다. 그러나 "우리 집안은 겨우 까막눈이나 면한 시골 선비 집안이었다. 부끄럽지만 할아버지도 양반 타령만 유별났지 민족적 자부심이나 역사 의식이 있는 분은 못 되었다. 할아버지의 양반 노릇은 오직 우리보다 낮은 양반을 무시하는 것"이라며 인물의 이중적인 면모를 드러낸다.

어머니에 대해서도 마찬가지다. 어머니는 "폭격을 맞아 다 죽는 한이 있어도 일본 놈들 폭삭 망하는 꼴이나 좀 봤으면 좋겠다"라며 일본을 저주했다. 그러나 한편으로는 오빠와 숙부에게 창씨개명을 하자고 재촉하기도 하고 일본인이 아들을 좋게 보고 중요한 직책을 맡긴 것을 자랑스러워했다. 해방 후 혼란기에 어머니는 오빠가 좌익 활동을 할 때는 집요하게 말렸다. 그 후 오빠가 전향해 보도연맹에 가입하자, 오빠의 '변절'을 두고두고 아쉬워한다. 박완서는 이러한 어머니의 이중성을 숨기지 않는다.

큰 숙부는 일제 때 면서기를 하면서 강제 징용이나 보국대를 뽑는 노무부장을 했다. 이 때문에 일본이 패망한 날 동네 청년들이 몽둥이를 들고 고향집에 몰려가 분풀이한 사실은 큰 용기를 내지 않으면 밝히기 어려운 내용이었을 것이다.

이 작품은 초반부에 성장소설이나 세태소설 같은 분위기를 띠다가 한국전쟁이 발발하면서 완전히 다른 분위기로 전환된다. 이때부터는 한국전쟁이 가져온 비극을 차근차근 증언한다.

한국전쟁은 작가의 유일한 형제인 오빠와 숙부를 앗아갔다. 인민군이 진주했다가 서울 수복으로 이어지고, 다시 1·4후퇴를 해야 하는 상황에서 작가의 가족은 한때 좌익 활동을 한 오빠 때문에 빨갱이 가족으로 '벌레' 취급을 받는 수난을 당한다. 작가는 모두가 피난을 떠난 텅 빈 서울에 홀로 남았다는 공포를 느끼다 "문득 막다른 골목까지 쫓긴 도망자가 획 돌아서는 것처럼 찰나적으로 사고의 전환"을 맞는다. '벌레의 시간'을 증언하기로 결심한 것이다. 또한 "언젠가 글을 쓸 것 같은 예감"도 스치게 된다. 이 장면은 박완서를 소설의 길로 이끈, 박완서 문학의 결정적 순간이다.

1992년 처음 출간된 『그 많던 싱아는 누가 다 먹었을까』는 2002년 베스트셀러 종합 1위에 오르는 등 150만 부 이상 팔리면서 박완서의 대표작으로 자리 잡았다. 이 소설의 속편인 『그 산이 정말 거기 있었을까』는 작가가 오빠의 죽음으로 대학을 포기하고 미군부대에 취업하는 등 결혼하기 직전까지 겪은 이야기를 담고 있다. 박철화 문학평론가는 한 기고문에서 『그 많던 싱아는 누가 다 먹었을까』를 이렇게 평했다.

비로소 우리 현대사의 한 시기가 살아 있는 영혼을 얻게 됐다. 박완서는 뛰어난 작가이자 위대한 역사가다.

젊고 싱싱한 기억의 맛

내가 싱아를 처음 본 것은 식물에 관심을 갖고 나서도 한참 지난 뒤 강원도 분주령에서였다. 싱아는 분주령 정상 부근, 관목들이 우거진 평지에서 자라고 있었다. 어릴 때 본 듯했지만 언제 어디서 보았는지는 기억나지 않는다. '이것이 싱아구나'라고 깨닫고 본 것은 그때가 처음이었다. 바람이 부는 데다 흰 꽃이 자잘하게 피어 있어 카메라 초점을 맞추는 데 애를 먹었다. 싱아를 처음 본 기쁨과 흥분에 숨이 좀 거칠어졌는지도 모르겠다.

『그 많던 싱아는 누가 다 먹었을까』를 읽고 나도 싱아 줄기의 새콤달콤한 맛이 궁금했다. 그런데 기회가 잘 닿지 않았다. 싱아 줄기를 먹을 수 있는 기간, 그러니까 찔레꽃 필 무렵 싱아를 보는 것도 쉽지 않았고 보더라도 몇 그루 있지도 않은데 줄기를 꺾을 수는 없었기 때문이다.

다행히 몇 년 전 5월 말 경기도의 한 섬에서 싱아 군락지를 발견하고 줄기를 꺾어 맛볼 수 있었다. 생각만큼 시큼하지는 않았다. 약간 떫은맛이 나면서도 물기가 많아 시원한 느낌을 주었다. 약간 덜 익은 자두를 깨무는 느낌이라고 할까. 박완서는 개정판 「작가의 말」에서 이렇게 말한다.

싱아는 위에서 가지가 갈라지고, 자잘한 꽃이 모여 핀다. 잎은 양끝이
좁고 뾰족하며 가장자리에 물결 모양 톱니가 있다.

요즘도 싱아가 어떻게 생겼는지 알고 싶다는 독자 편지를
받으면 내 입안 가득 싱아의 맛이 떠오른다. 그 기억의 맛
은 언제나 젊고 싱싱하다.

싱아는 메밀, 여뀌, 소리쟁이, 수영 등과 같이 마디풀과
식물이다. 마디풀과 식물은 줄기에 마디가 있고 턱잎잎자
루가 줄기와 붙어 있는 곳에 달린 비늘 같은 잎이 있는 것이 특징이
다. 수영도 싱아와 마찬가지로 줄기에 물기가 많고 신맛
이 나서 시골 아이들이 즐겨 먹었다.

띠는 꽃차례가 우아해서 산들바람에 흔들리면 한 폭의 그림 같다. 농촌 들판이나 길가에서 흔히 볼 수 있다. 띠의 어린 꽃이삭인 삘기를 먹으면 달짝지근한 맛이 난다.

어린 시절 자연에서 얻을 수 있는 먹거리는 싱아 말고
도 많았다. 소설에도 "우리는 어려서부터 삼시 밥 외에
군것질거리와 소일거리를 스스로 산과 들에서 구했다.
삘기, 찔레순, 산딸기, 칡뿌리, 메뿌리, 싱아, 밤, 도토리가
지천이었고, 궁금한 입맛뿐 아니라 어른을 기쁘게 하는
일거리도 많았다"는 구절이 있다.

삘기는 여러해살이풀인 띠의 어린 꽃이삭이 밖으로 나
오기 전에 연한 상태를 말한다. 우리 동네에선 삘기를
'삐비'라고 불렀다. 언덕이나 밭가에 많은 삘기를 까서
먹으면 향긋하고 달짝지근했다. 그러나 삘기는 쇠면 먹

메꽃은 전국 각지 들에서 자라는 덩굴성 식물이다. 흰색의 굵은 메뿌리는
사방으로 퍼지며 뿌리마다 잎이 난다.

지 못하기 때문에 먹을 수 있는 기간이 잠깐이었다. 찔레
순은 연할 때 껍질을 벗겨 먹으면 싱그럽고 달짝지근한
맛이 나는 식물로 나도 어릴 때 가끔 먹은 기억이 있다.

메뿌리는 무엇일까. 나팔꽃과 비슷한 꽃으로 우리나
라 고유종인 메꽃이 있는데, 메꽃의 뿌리를 '메'라고 한
다. 메는 전분이 풍부해 기근이 들 때 구황식품으로 이용
했다. 메뿌리를 생으로 먹으면 단맛이 돌고, 쩌서 먹으면
군밤 비슷한 맛이 난다고 하는데, 실제로 먹어보지는 못
했다.

피난길에 피어난 꽃망울

『그 산이 정말 거기 있었을까』│목련

"어머, 얘가 미쳤나봐"

박완서는 『그 많던 싱아는 누가 다 먹었을까』 『그 산이 정말 거기 있었을까』 『그 남자네 집』을 펴내며 '자전소설 3부작'을 완성했다. 1995년에 출간된 『그 산이 정말 거기 있었을까』는 1992년에 나온 『그 많던 싱아는 누가 다 먹었을까』의 후속편이다. 이 작품은 주인공이 1951년 1·4후퇴 직후 피난을 떠나지 못하고 서울에 남아 겪은 '적치'赤治 체험부터 1953년 결혼할 때까지의 경험을 담고 있다.

주인공은 다리에 총상을 입은 오빠 때문에 남들 다 떠나는 피난을 가지 못한다. 서울은 텅 비어 진공 상태나 다름없다. 식구들을 먹여 살리기 위해 밤마다 올케와 함께 빈집 담을 넘어 식량을 구해올 수밖에 없었다. 주인공은 인민군의 강요로 방소예술단 공연을 보고 "당면한 굶주림의 공포 앞에 양식 대신 예술을 들이대며 즐기기를 강요하는" 그들의 모습에 절망과 분노를 느낀다. 현저동 인민위원장 강씨가 "같은 민족끼리 형제간에 총질하고, 부부간에 이별하고, 모자간에 원수지고, 이웃끼리 고발하고 (…) 욕먹을 소리지만 이런저런 세상 다 겪어보니 차라리 일제강점기가 나았다 싶을 적이 다 있다"고 말할 정도였다.

북한이 미군에게 서울을 다시 내줄 상황에 처하자, 인민군은 주인공과 올케에게 북으로 피난을 가라면서 겁박한다. 주인공은 피난을 떠나는 척하다 임진강가에서 슬그머니 빠지기로 마음먹는다.

북행 피난길은 폭격 때문에 밤에는 걷고 낮에는 으슥한 데서 시간을 보내는 고난의 행군이다. 파주 근처까지 갔을 때 주인공은 모조리 불탄 국도 연변 마을의 한 외딴집에서 꽃망울이 부푼 목련을 보았다. 그의 입에선 "얘가 미쳤나봐"라는 비명이 새어 나온다.

　　모조리 불탄 마을에서 좀 떨어진 외딴집에서 무료한 낮　　시간을 보내다가 그 마을에 감도는 고요에 홀려서 그 고운 잿더미 사이를 거닐 때였다. 장독대 옆에 서 있는 바짝 마른 나뭇가지에서 꽃망울이 부푸는 것을 보았다. 목련 나무였다. 아직은 단단한 겉껍질이 부드러워 보일 정도의 변화였지만 이 나무가 봄기운만 느꼈다 하면 얼마나 걷잡을 수 없이 부풀어 오르리라는 걸 알고 있었다. 그 미친 듯한 개화를 보지 않아도 본 듯하면서 나도 모르게 어머, 애가 미쳤나봐, 하는 비명이 새어 나왔다. 그러나 실은 나무를 의인화한 게 아니라 내가 나무가 된 거였다. 내가 나무가 되어 긴긴 겨울잠에서 눈뜨면서 바라본, 너무나 참혹한 인간이 저지른 미친 짓에 대한 경악의 소리였다.

박완서는 나무를 '애'라고 의인화한 것이 아니라 거꾸로 나무의 눈으로 세상을 바라본 것이라고 말한다. 그러니까 비명은 "너무나 참혹한 인간이 저지른 미친 짓에 대한 경악의 소리"였다. 계절이 바뀌고 꽃망울이 부푸는 자연의 질서에 대비시켜 "개도 안 물어갈" 이념 때문에 벌이는 폭력행위가 광란이라는 점을 표현한 것이다.

목련은 한 번 더 등장한다. 주인공은 전선戰線이 자신들을 지나 북상하자 파주 피난처에서 돈암동 집으로 돌아간다. 집으로 가는 길, 서울의 어떤 집 담장 안에도 하

중국에서 들여와 관상용으로 가꾼 백목련. 우리가 도시 공원이나
화단에서 흔히 보는 목련은 대부분 백목련이다. 이 사진처럼 꽃잎을
오므리고 있을 때가 백목련의 절정이다.

얀 목련이 피어 있다. 피난길의 폐허 마을에서 막 부풀기 시작한 목련 꽃봉오리를 발견했던 때처럼 "미쳤어!" 하는 소리가 또 나오려고 했다.

이번엔 인민군 치하 부역에 대한 처벌을 받을지 모른 다는 두려움 때문이었다. 실제로 성북경찰서에서 주인공 을 조사하려고 연행해가자 그녀는 "국민들을 인민군 치 하에다 팽개쳐두고 즈네들만 도망갔다 와가지고 인민군 밥해준 것도 죄라고 사형시키는 이딴 나라에서 나도 살 고 싶지 않아. 죽여라, 죽여. 이래 죽이고 저래 죽이고 여 기서 빼가고 저기서 빼가고…"라고 퍼부어댄다.

여기까지의 이야기는 박완서가 1970년대 초반에 쓴 장 편『목마른 계절』과 유사하다. 이후 소설은 미군 PX 초상 화부에서 일하다 만난 박수근 화백 이야기, 먼 친척뻘인 지섭과의 연애 이야기, 남편과 만나 결혼하기까지의 이 야기 등이 담겨 있다. 박수근과의 일화는 등단작『나목』, 지섭과의 연애 이야기는 장편『그 남자네 집』과 겹치는 부분이다.

『그 산이 정말 거기 있었을까』를 읽으면서 1950년대에 일어난 일을 마치 어제 본 것처럼 생생하게 담아내는 작 가의 기억력과 표현력에 감탄한 적이 한두 번이 아니다.

문학평론가 이남호는 "지난 고통의 희미한 자국까지 생생하게 기억하는 박 씨의 기억력과 감추고 싶은 그 모든 것을 털어놓는 용기에 감사한다"고 말했다. 문학평론가 김병익은 『그 산이 정말 거기 있었을까』에 대해 "그가 다룬 시기에 대한 증언이 1950년대 초 한국전쟁 중의 서울살이에 대한 거의 유일한 기록"이라고 했다.

목련이 피어야 진짜 봄

목련木蓮은 '연꽃 같은 꽃이 피는 나무'라고 해서 붙여진 이름이다. 봄이면 온갖 꽃이 피어나지만 겨우내 잘 보이지도 않다가 어느 날 갑자기 담장 위를 하얗게 뒤덮는 목련이 피어야 진짜 봄이 온 것을 실감할 수 있다.

우리가 도시 공원이나 화단에서 흔히 보는 목련의 정식 이름은 백목련이다. 백목련은 오래전부터 한반도에서 자라긴 했지만, 중국에서 들여와 관상용으로 가꾼 것이다.

진짜 목련은 따로 있다. 제주도와 남해안에서 자생하는 우리 나무다. 진짜 목련이 중국에서 들어온 백목련에게 이름을 빼앗긴 셈이니 억울할 법하다. 더구나 일본에서 부르는 대로 '고부시 목련'주먹이란 뜻으로 열매가 주먹을 닮

제주도와 남해안에서 자생하는 우리 나무인 목련. 꽃잎이 활짝 벌어지고
꽃잎 바깥쪽 아래에 붉은 줄이 선명하다.

았다고 붙인 이름이라고도 부르니 더욱 서러울 것 같다.

목련은 백목련보다 일찍 피고, 꽃잎은 좀더 가늘며 꽃 크기는 더 작다. 백목련은 원래 꽃잎이 여섯 장이지만 세 장의 꽃받침이 꽃잎처럼 변해 아홉 장처럼 보인다. 목련 의 꽃잎은 6-9장이다. 또 백목련은 꽃잎을 오므리고 있 지만, 목련은 꽃잎이 활짝 벌어지는 특징이 있다. 무엇보 다 목련에는 꽃잎 바깥쪽 아래에 붉은 줄이 나 있어서 쉽 게 구분할 수 있다.

박완서는 소설에서 목련과 백목련을 구분하려 했으나 혼용해서 썼다고 보는 것이 더 적절할 듯하다. 군이 목련과 백목련을 구분해 부를 필요는 없지만 목련의 종류를 알면 그 세세한 차이를 느낄 수 있을 것이다. 자주색 꽃이 피는 목련도 두 종류가 있다. 꽃잎 안팎이 모두 자주색인 목련은 자목련, 바깥쪽은 자주색인데 안쪽은 흰색인 목련은 자주목련이라 부른다.

여름이 시작할 무렵인 5-6월 산에 가면 목련처럼 생긴 싱그러운 꽃을 볼 수 있다. 정식 이름은 함박꽃나무지만 흔히 산목련이라고도 부른다. 함박꽃나무 꽃은 맑고도 그윽한 꽃향기가 일품이다. 말 그대로 청향淸香이다. 수십 미터 떨어진 곳에서도 근처에 함박꽃나무가 있다고 짐작할 수 있을 정도로 향이 강하다. 함박꽃나무도 목련처럼 우리나라에서 자생한다.

함박꽃나무는 북한의 국화國花다. 북한에서는 '목란'木蘭이라고 부른다. 북한의 김일성 주석이 이 꽃을 칭찬한 것을 계기로 북한에서 1991년에 함박꽃나무를 국화로 지정했다. 평양에 외빈을 영접하는 연회장 이름이 '목란관'인 것은 이런 이유 때문이다.

이밖에도 노란 꽃이 피는 일본목련, 꽃의 지름이 20센티미터에 이르는 상록성 태산목 등도 목련의 가족들이다. 일본목련은 이름처럼 일본에서 들여온 나무인데 씨

북한의 국화인 함박꽃나무. 북한에서는 목란이라고 부른다. 5-6월에 개화하며 맑고 그윽한 향기가 난다.

앗이 퍼져 마을 주변 산자락에서 자라는 것을 볼 수 있다.

목련의 아름다움을 가장 만끽할 수 있는 곳은 충남 태안의 천리포수목원이다. 4-5월 천리포수목원은 말 그대로 목련 천국이다. 천리포수목원은 "600품종 이상의 목련을 갖춘 수목원은 세계 어디에도 없다"고 자랑할 만큼 자부심이 강하다. 국제수목학회가 2000년 이 수목원을 아시아에서 처음으로 '세계의 아름다운 수목원'으로 선정한 것도 다양한 목련이 있기 때문일 것이다. 천리포수목원 안에 있는 밀러 가든Miller Garden의 작은 연못 옆에서

자목련은 꽃잎 안팎이 모두 자주색이다. 바깥쪽은 자주색, 안쪽은 흰색인 목련은
자주목련이라 부른다.

토종 목련을 볼 수 있다.

　나는 평소 꽃이 소재로 등장하는 문학 작품을 찾는 일
에 관심이 많다.『그 산이 정말 거기 있었을까』에 나오는
목련에 대한 묘사도 놀랍지만, 김훈의 에세이집『자전거
여행 1』에서 목련이 피고 질 때를 묘사한 글도 압권이다.
김훈은 목련이 피는 모습을 이렇게 표현한다.

　목련은 등불을 켜듯이 피어난다. 꽃잎을 아직 오므리고
　있을 때가 목련의 절정이다. (…) 꽃이 질 때, 목련은 세
　상의 꽃 중에서 가장 남루하고 가장 참혹하다. (…) 나

뭇가지에 매달린 채, 꽃잎 조각들은 저마다의 생로병사를 끝까지 치러낸다. 목련꽃의 죽음은 느리고도 무겁다. (…) 목련이 지고 나면 봄은 다 간 것이다.

박완서도 산문집 『호미』에서 아차산 자락의 아치울마을에 노란집을 지을 때 목련을 없애려 한 일화를 "꽃목련이 질 때 산뜻하게 지지 못하고 오래도록 갈색으로 시든 꽃잎을 매달고 있는 게 누추해 보여 안 좋아하게 되었을 것"이라고 소개했다.

김훈이 목련이 피고 지는 것을 "눈이 아프도록 들여다" 보지 않았다면 이 같은 묘사가 나오지 않았을 것이다. 김훈이 쓴 대로 "꽃잎을 아직 오므리고 있을 때가 목련의 절정"이다. 목련 꽃잎이 벌어지기 시작하면 이미 지기 시작하는 것이다. 활짝 벌어지지 않는 것은 목련정확히는 백목련의 특징이기도 하다.

그 남자네 집을 찾는 열쇠

『그 남자네 집』| 보리수나무

첫사랑의 설렘과 열정

『그 남자네 집』은 박완서가 자신의 첫사랑을 그린 자전소설이다. 2004년, 그러니까 작가가 74세였을 때, 50여 년 전 기억을 더듬어 쓴 소설이다. 이 작품은 그 전해에 발표한 단편「그 남자네 집」을 개작한 것으로, 『그 많던 싱아는 누가 다 먹었을까』『그 산이 정말 거기 있었을까』를 잇는 박완서 '자전소설 3부작'의 마지막 소설이기도 하다.

주인공은 전쟁 통에 아버지와 오빠를 잃은 여자다. 첫사랑 현보는 주인공 어머니의 외가 쪽 친척으로 중앙청 고관으로 일하던 큰형이 가족들을 데리고 월북해 어머니와 단둘이 살고 있다. 어느 날 주인공은 전차에서 우연히 현보를 만난다. 그 뒤 두 사람은 "닮은 불운을 관통하는 운명의 울림 같은 걸 감지"하고 매일 만나다시피 어울린다. 두 사람은 서울 구석구석을 누비며 행복한 겨울을 보낸다. 하지만 현보는 백수였고 주인공은 다섯 식구의 밥줄이었다. 결국 주인공은 생계를 위해 미군부대에서 일하다가 거기서 만난 은행원 민호와 결혼을 결심하고, 현보에게 이별을 선언한다.

박완서는 이 소설에서 첫사랑의 설렘과 열정을 매혹적인 문장으로 그려냈다. 박완서의 완숙한 문장을 보면 그녀가 글쓰기의 경지에 이르렀다는 것을 느낄 수 있다. 이런저런 이유로 이 소설을 여러 번 읽었지만 다시 읽을 때마다 그 감동은 여전하다. 인상적인 부분은 만남이나 사랑의 순간을 묘사한 구절들이었다.

그가 멋있어 보일수록 나도 예뻐지고 싶었다. 나는 내 몸에 물이 오르는 걸 느꼈다. 그는 나를 구슬 같다고 했다. 애인한테보다는 막내 여동생한테나 어울릴 찬사였다. 성에 차지 않았지만 나는 곧 그 말을 좋아하게 되었다. 구슬 같은 눈동자, 구슬 같은 눈물, 구슬 같은 이슬, 구슬 같은 물결…. 어디다 그걸 붙여도 그 말은 빛났다.

5월이 되자 사랑 마당에서 온갖 꽃들이 피어났다. 그렇게 여러 가지 꽃나무가 있는 줄은 몰랐다. 향기 짙은 흰 라일락을 비롯해서 보랏빛 아이리스, 불꽃 같은 영산홍, 간드러지게 요염한 유도화, 홍등가의 등불 같은 석류꽃, 숨 가쁜 치자꽃, 그런 것들이 차례로 불온한 열정, 화냥기처럼 걷잡을 수 없이 분출했다.

이사하고 나서 조성한 정원이어서 그 남자도 이렇게 꽃이 잘 핀 건 처음 본다고 했다. 그런 꽃들을 분출시킨 참을 수 없는 힘은 남아돌아 주춧돌과 문짝까지 흔들어대는 듯 오래된 조선 기와집이 표류하는 배처럼 출렁였다. 우리는 서로 부둥켜안고 싶을 만큼, 아슬아슬한 위기의식을 느꼈다.

나에게 그가 영원히 아름다운 청년인 것처럼 그에게 나도 영원히 구슬 같은 처녀일 것이다. 우리는 그때 플라토닉의 맹목적 신도였다. 우리가 신봉한 플라토닉은 실은 임신의 공포일 따름인 것을.

그래, 실컷 젊음을 낭비하려무나. 넘칠 때 낭비하는 것은 죄가 아니라 미덕이다. 낭비하지 못하고 아껴둔다고 그게 영원히 네 소유가 되는 건 아니란다. 나는 젊은이들한테 삐치려는 마음을 겨우 이렇게 다독거렸다.

소설 속의 그 남자 현보는 『그 산이 정말 거기 있었을까』에서 '지섭'이라는 이름으로 잠깐 등장한다. 『그 남자네 집』은 박완서의 1970년 등단작인 장편소설 『나목』과 비교해볼 만하다. 두 작품 모두 아직 전쟁이 끝나지 않은 피폐한 서울 시내를 배경으로 하고 있다. 주인공이 대학을 그만두고 미군부대에서 일한다는 설정도 비슷하다. 다만 『나목』에서 주인공이 박수근을 모델로 삼은 화가 옥희도와 만나면서 한 세월을 헤쳐나간다면, 『그 남자네 집』에서는 먼 친척뻘인 또래 청년 현보와 교제한다.

두 소설을 읽으면서 어느 쪽이 사실일까 살짝 궁금해졌다. 『그 남자네 집』이 인기를 끌었을 때 박완서는 TV에 출연해 "소설 내용이 어디까지 사실이냐"는 질문에 웃으면서 이렇게 대답했다.

사실이라고 생각하는 독자는 그렇게 생각하며 읽어주시고, 소설이라고 생각하는 독자는 그렇게 생각하며 읽어주시면 됩니다. 재미있게만 읽어주세요.

제대로 부르는 것이 사랑의 첫걸음

내가 활동하는 야생화 정기모임이 2017년 가을 경남 산청군 황매산에서 열렸다. 구절초, 물매화, 자주쓴풀 등을 관찰하는 것이 주목적이었지만 나에겐 더 기억에 남는 것이 있다. 보리수나무 열매였다. 황매산 등산로 주차장부터 정상에 이르는 길까지 곳곳에 팥알만 한 보리수나무 열매가 다닥다닥 열려 있었다. 붉은 열매에 은빛 점이 주근깨처럼 수없이 박혀 있는 것도 귀여웠다. 어릴 때 '포리똥'이라 부르며 따먹은 추억의 열매였다. 약간 떫은 듯하면서도 단맛이 나는 열매는 그런대로 먹을 만했다. 아내와 나는 일행보다 뒤처지는 줄도 모르고 한동안 보리수나무 열매 따먹는 재미에 푹 빠졌다.

6월 말쯤 서울 몽마르뜨공원에 가면 붉은 열매가 주렁주렁 달린 나무들을 볼 수 있다. 탱글탱글 붉은색으로 익은 열매가 먹음직스럽다. "보리수 열매"라며 따먹는 사람도 있지만, 정확히는 뜰보리수 열매다.

보리수나무는 야생이라 주로 산에서 볼 수 있으며 열매는 9-10월에 익는다. 반면 뜰보리수는 일본 원산으

뜰보리수 열매(위)의 크기는 1.5센티미터 정도고 원산지는 일본으로 화단이나 민가 주변에서 볼 수 있다. 보리수나무 열매(아래)는 팥알만 한 크기로 다닥다닥 열린다.

로 화단 등 민가 주변에서 볼 수 있고 열매는 6월에 익는다. 보리수나무 열매는 팥알만 하지만 뜰보리수 열매는 1.5센티미터 정도로 더 크다. 둘 다 황백색 꽃이 피고 꽃이 필 때보다 열매가 익을 때 더 존재감이 드러난다.

보리수나무와 뜰보리수를 구분하는 것도 헷갈리는데, 우리 주변에는 흔히 '보리수'라고 부르는 나무가 또 있다. 부처님이 그 아래에서 성불했다는 보리수와 독일 가곡에 나오는 보리수가 그것이다. 제주도와 남쪽 섬에서 볼 수 있는 상록수 보리밥나무 등은 일단 논외로 하더라도 그렇다.

『그 남자네 집』에서 주인공은 이 세 가지 나무의 이름을 혼동한다. 소설은 주인공이 50여 년 전 찬란한 한때를 보낸 그 남자네 집을 찾으면서 시작한다. 그 남자네 집을 찾은 결정적인 물증은 보리수였다. 돈암동 후배네 집에 놀러갔던 주인공은 돈암동 안감천변에 살던 첫사랑 그 남자를 떠올린다. 그 남자네 집은 사랑 마당으로 통하는 곳에 홍예문이 달린 단아한 집이었는데, 그곳에는 수많은 꽃과 나무가 있었고, 그중 보리수도 있었다.

그러나 그 나무는 주인공이 보리수로 알고 있는 나무와는 달랐다. 주인공은 보리수에 대해 두 개의 서로 다른 이미지를 지니고 있었기 때문이다. 하나는 주인공이 힌두 문화권을 여행했을 때 부처님이 그 아래에서 성불했다고 들은 보리수였고 다른 하나는 "뮐러가 노래한 린덴바움"으로 그늘 아래에서 단꿈을 꿀 수 있다는 보리수였다.

그런데 그 남자네 집 나무는 둘 중 어떤 것하고도 닮지 않았다. 주인공은 수목도감을 찾아본 다음 다시 그 집을 찾아가 "이파리 사이로 삐죽삐죽한 잔 가장귀엔 서너 개씩 빨간 열매가 달려" 있는 것을 보고 보리수나무임을 확인한다. 주인공은 나무를 보면서 생각에 잠긴다.

이 나무들은 얼마나 있어야 그 밑에서 단꿈을 꿀 만큼 자랄까. 한 오십 년쯤. 나는 보리수나무가 세월을 거꾸로 먹어 오십 년 전엔 그 무성한 그늘에서 관옥같이 아름다운 청년이 단꿈을 꾼 것 같은 착란에 빠졌다.

작가가 세 나무의 종류가 다르다는 것을 알면서도 일부러 몽환적으로 처리한 느낌도 없지 않다. 빨간 열매가 달리는 보리수, 부처가 성불했다는 보리수, 슈베르트 가곡에 나오는 보리수는 각각 다른 나무다. 황매산에서 자

인도보리수는 인도나 네팔처럼 더운 지방에서 자란다. 우리나라에서는 월동하지 못해
수목원 온실에서 볼 수 있다. 사진은 금강수목원 온실에 있는 인도보리수다.

라는 나무처럼 우리나라엔 토종 '보리수나무'가 있다. 보리수나무는 봄에 황백색 꽃이 피었다가 가을에 약간 떫은 듯한 단맛이 나는 작고 빨간 열매를 맺는다. '보리수나무'라는 이름은 씨의 모양이 보리 같다고 해서 붙인 것 같다. 씨를 모아놓으면 보리 씨앗처럼 생겼다.

부처님이 그 아래에서 성불한 보리수는 뽕나무과의 상록활엽수로, '인도보리수'라고 부른다. 고무나무같이 잎이 두껍고 넓으며 인도처럼 더운 지방에서 자라는 열대성 나무로, 30-40미터까지 길게 자라는 상록수다. 중국을 거쳐 불교가 들어올 때 '깨달음의 지혜'를 뜻하는 산스크리트어 '보디'Bodhi를 음역해 보리수라고 부르면서 보리수나무와 혼동하기 시작했다.

이 나무는 우리나라에서는 월동하지 못하기 때문에 국립수목원 등 몇 군데 온실에서나 볼 수 있다. 절에서는 이 나무와 비슷하게 생긴 보리자나무를 중국에서 들여오거나 우리나라에서 자라는 찰피나무를 인도보리수 대용으로 심었다. 절에 가면 꽃자루에 긴 프로펠러 같은 포잎이 모양을 바꾼 기관가 달린 찰피나무를 볼 수 있다.

이렇게 '보리수'라고 부르는 나무가 많은데 슈베르트 가곡에 나오는 '린덴바움'Linenbaum이 보리자나무·찰피나

베를린 '운터 덴 린덴'(Unter den Linden) 거리에 가로수로 심어놓은 린덴바움.
슈베르트 가곡에 나오는 '보리수'가 이 나무다.

무와 비슷해 보였는지 '보리수'라고 번역해버렸다. 학창
시절 배운 가곡 속 "성문 앞 우물 곁에 서 있는" 보리수는
'유럽피나무'라는 종이다. 베를린에 갔을 때 이 나무를
가로수로 심어놓은 '운터 덴 린덴'Unter den Linden, 린덴바움 아
래 거리를 본 기억이 있다.

　이렇게 해서 인도와 유럽의 전혀 다른 두 나무가 우리
나라에서 '보리수'라는 이름으로 만났다. 그나마 빨간 열
매가 열리는 것은 각각 보리수나무와 뜰보리수로, 부처
의 보리수는 인도보리수로 나누어 불러 혼란을 줄이고
있다. 그렇다면 슈베르트의 보리수는 뭐라 불러야 할까.

보리수라고 불러야 할까, 유럽피나무라고 해야 할까. 아니면 피나무라고 해야 좋을까.

같은 나무를 여러 이름으로 부르는 경우는 많지만 여러 나무를 한 이름으로, 그것도 수십 년 동안 바꾸지 않고 부르는 일은 드물다. 이름을 지을 때 잘못 지어 많은 사람을 불편하게 한다. 이름을 제대로 짓기가 얼마나 중요한지 새삼 깨닫는다.

어디 나무 이름뿐이겠는가. 식물이든 역사적인 일이든 그 특징에 맞는 이름을 짓는 것이 사랑의 시작이다.

핏빛 칸나

『목마른 계절』 | 칸나

붉은색으로 변한 세상

박완서의 장편소설 『목마른 계절』에는 칸나가 단연 돋보인다. 소설은 한국전쟁 당시 적치를 배경으로 동족끼리 목숨을 빼앗는 참극을 다룬다. 칸나는 이 소설의 전체적인 이미지인 붉은빛을 선명하게 드러낸다.

소설은 한국전쟁이 발발한 1950년 6월부터 그다음 해 5월까지 1년 간 하진이라는 여대생이 겪은 전쟁 체험을 다룬다. '목마른 계절'은 바로 이 시절을 가리키는 것이다.

1950년 6월 주인공 하진이 대학에 다닌 지 며칠 되지 않아 한국전쟁이 발발한다. 인민군 치하가 되자 세상은 온통 붉은색으로 변한다. 하진은 대학병원 뒤뜰에 방치된 국군들의 시체를 보고 몸서리친다. 골목에는 핏빛 물감으로 '인민공화국 만세' '미 제국주의의 앞잡이 리승만

괴뢰' 같은 문장을 쓴 벽보가 붙는다.

하진은 인민군 치하 교정에 나가 교양 수업 강의를 듣거나 '등교 공작' '비행기 기금 모금' 등의 활동을 한다. 그녀는 교양 수업 시간에 당사黨史를 공부하다 창밖을 내다본다. 붉은 칸나가 보였다.

서쪽 창 바로 밑엔 몇 포기 안 되는 칸나가 창 높이만큼 자라 진홍빛 꽃을 유리에 맞대고 있었다. 그것뿐 인민군들이 웅성대는 본관까지의 제법 아득한 광장이 나무 한 그루, 풀 한 포기 없이 작열하는 태양 밑에 희게 마치 백지처럼 희게 무의미하게 펼쳐져 있었다.

그것은 아주 혹독한 가뭄의 풍경처럼 공포스러웠다.

잎새조차도 푸르지 못하고 붉은빛이 도는 핏빛 칸나도 마치 오랜 한발旱魃 끝에 지심에서 내뿜는 뜨거운 화염처럼 처절한 저주를 주위에 발산하고 있었다.

붉은 건 칸나뿐이 아니었다. 정면 벽 중앙에 늘어진 붉은 깃발, 그 깃발을 중심으로 빽빽이 붙여진 벽보의 핏빛 글씨들—혁명, 원쑤, 타도, 투쟁, 당, 인민, 수령, 영광, 애국—머리가 아쩔하도록 집요한 투지, 집요한 증오, 그리고 애국.

칸나는 여름부터 가을까지 피는 원예종 꽃이다. 강렬한 색깔이 인상적이다.

소설은 1950년 한국전쟁 발발에서 시작해 6월 28일 인민군 서울 진입, 9월 15일 인천상륙작전과 9월 28일 서울 수복, 중공군 개입으로 전세 역전과 1951년 1·4후퇴, 3월 15일 서울 재탈환 과정에서 주인공이 겪은 일들을 생생하게 증언한다. 우리 소설에서 이례적으로 주인공 하진은 부역자다. 처음 인민군이 서울에 진입했을 때 하진은 전쟁이 "썩고 묵은 질서의 붕괴와 찬란한 새로운 질서의 교체"를 가져오지 않을까 기대했다. 하지만 아니었다. 온통 애국, 당, 혁명 따위를 내세운 붉은 깃발 아래 모든 것을 희생하도록 강요하고 자유로운 숨구멍 하나 없는 세상에 하진은 환멸을 느끼지 않을 수 없다. 하진이 한국전쟁에 대한 생각을 기대에서 환멸로 바꾸는 과정에 칸나라는 꽃이 놓여 있다.

9월 28일 서울이 수복되자 이번엔 여기저기서 빨갱이라고 죽이고, 부역했다고 끌고 가는 난리통을 겪는다. 수도는 철통같이 방위하고 있으니 안심하라는 빈말을 남기고 도망친 지도자들은 한마디 사과도 하지 않고 나라에서는 부역자들만 잡아들였다. 하진도 대학에서 심사를 받는 등 수난을 당한다. 이때 당한 수모로 하진은 1·4후퇴 때 피난 대열에 합류해야겠다고 마음먹는다. 하지만 그 희망은 오빠가 술판에서 오발탄으로 다리에 총상을 입으면서 깨지고 만다.

그녀는 가짜 피난이라도 가겠다고 결심한다. 서울의 다른 곳에서 살다 세상이 바뀌면 남쪽으로 피난을 갔다온 것처럼 돌아오려고 한 것이다. 2차 인민군 치하에서 하진은 얼떨결에 여맹위원장 직책을 맡게 된다. 그녀는 빨간 깃발 아래서 옴짝달싹할 수가 없다. 인민군은 서울을 다시 내줄 상황에 처하자 하진에게 북으로 피난 갈 것을 강요한다. 하진이 북으로 피난 가는 척하다가 임진강 근처에서 숨어 지내다 돌아오는 대목에서 소설은 끝을 맺는다.

작가가 하고 싶은 말은 하진의 다음과 같은 말에 담겨 있다.

> 동족간의 전쟁의 잔학상은 그대로 알려져야 된다고 나는 생각해요. 특히 오빠의 죽음을 닮은 숱한 젊음의 개죽음을, 빨갱이라는 손가락질 한 번으로 저세상으로 간 목숨, 반동이라는 고발로 산 채로 파묻힌 죽음, 재판 없는 즉결처분, 혈육 간의 총질, 친족 간의 고발, 친우 간의 배신이 만들어낸 무더기의 죽음들, 동족 간의 이념의 싸움 아니면 도저히 있을 수 없는 이런 끔찍한 일들이 고스란히 오래 기억돼야 한다고 나는 생각해요.

문학평론가 정호웅은 『목마른 계절』을 이렇게 평한다.

> 『목마른 계절』은 1970년대 초, 여러 어려움을 뚫고 넘어 인민군 부역자를 주인공으로 설정해 큰 성취를 거둔 소설

이다. (⋯) 박완서의 여러 작품 중『목마른 계절』은 '적치 3개월'의 실상을 가장 넓고 깊게 반영한 작품이다.

'적치 3개월'이란 1950년 6월 28일부터 9월 28일까지 인민군이 서울을 통치한 3개월을 말한다. '적치 3개월'뿐만 아니라 한국전쟁 체험도 박완서 소설의 근간을 이루는 핵심 요인 가운데 하나다. 작가는 이때의 체험을『그 많던 싱아는 누가 다 먹었을까』『그 산이 정말 거기 있었을까』와「엄마의 말뚝」연작 등 다른 소설에서 조금씩 변주를 거듭하며 다루었다.

작품에서 오빠의 죽는 시기와 과정, '가짜 피난'을 누가 먼저 제안했는지, '보급투쟁'을 누가 먼저 제안하고 주도했는지, 동네 여맹위원장을 맡았는지 아니면 보조 역할만 했는지 등과 같은 세세한 부분은 조금씩 다르지만 전체적인 줄거리와 맥락에는 큰 차이가 없다. 다만『목마른 계절』에선 진이라는 여성을 내세우고 있지만『그 산이 정말 거기 있었을까』등에선 작가가 직접 나서서 증언하는 점이 다르다. 형식을 제대로 갖추지 않고 오빠의 장례를 치른 후유증은 작가가 이후에 쓴「부처님 근처」같은 소설에도 잘 드러난다.

박완서는 1971-72년 『여성동아』에 「한발기」투魃記라는 제목으로 연재한 작품을 몇 년 후 『목마른 계절』로 제목을 바꿔 출간했다. 『그 산이 정말 거기 있었을까』 등은 1990년대에 쓴 소설이다. 이 작품들은 모두 작가가 자신의 기억에 의존해 쓴 소설이다. 『그 산이 정말 거기 있었을까』는 『목마른 계절』보다 20년 후에 쓴 작품인데도 소설 속 배경과 상황이 더 생생하고 자연스러운 느낌을 주는 것이 이채롭다. 아마 그사이 시대 상황이 달라졌고 작가가 글을 쓰는 데 더 원숙해졌기 때문일 것이다.

풍성한 잎의 너울

칸나Canna는 홍초과 홍초속 식물의 총칭으로, 여름부터 가을까지 피는 대표적인 원예종 꽃이다. 칸나는 옛날 시골 마당이나 장독대 같은 곳에서 흔히 본 아름다운 추억의 꽃이기도 하다. 그러나 색깔이 너무 강렬해서 가끔은 섬뜩한 느낌이 들기도 한다.

한국에서 주로 키우는 칸나는 인도나 말레이시아 같은 열대 아시아에서 들여온 것으로, 높이는 1-2미터로 자라고 뿌리줄기는 고구마처럼 굵다. 주로 붉은색이지만 노란색 등도 있다. 열대 원산이기 때문에 우리나라에서 키

칸나는 노란색, 보라색 등 색깔이 다양한데 주로 붉은색을 많이 심는다. 열대 아시아가 원산지인 칸나는 추위에 약하다. ⓒ셔터스톡

우려면 추위가 오기 전에 구근을 캐두었다가 다음 해 봄에 다시 심어야 얼어 죽지 않는다.

박완서는 『목마른 계절』을 쓸 즈음 집에서 칸나를 기른 것 같다. 박완서의 딸 호원숙은 『엄마는 아직도 여전히』라는 책을 펴내면서 "1961년 신설동 넓은 한옥으로 이사했을 때 엄마는 그 마당에 사루비아를 심고 칸나 구근을 심어 시원한 잎을 드리우고 붉은 꽃을 피우게 했다"고 회상했다. 박완서는 1980년까지 그 집에서 살았다.

박완서의 산문집 『노란집』에도 칸나 이야기가 나온다. 아차산 자락의 아치울마을 마당에 핀 꽃에 대해 얘기하

면서 "지금 그 옥수수는 자취 없고, 옥수수에 짓눌려 기를 못 펴던 칸나가 마지막 꽃을 붉게 피우며 그 풍성한 잎을 너울대고 있다"는 구절이 있다.

남편이 묶인 미루나무 어루만지며

「돌아온 땅」| 미루나무

한국전쟁의 상처를 상징

「돌아온 땅」은 1977년에 출간한 박완서의 단편소설이
다. 짧은 소설이지만 이 소설 역시 박완서의 날카로운 통
찰력과 필력을 실감하는 데 부족함이 없다.

요즘 젊은 세대들은 잘 모를 수 있지만, 우리나라에는
연좌제라는 제도가 있었다. 특정인의 범죄에 대해 일가
친척까지 연대 책임을 물려 불이익을 주는 제도였다. 내
가 어렸을 때만 해도 친척 중 월북자가 있다는 이유로 자
식들이 불이익을 받지 않을까 걱정하면서 쉬쉬하는 어른
들이 동네에 있었다.

1980년대 이후 우리나라에서 연좌제는 사실상 없어졌
다. 「돌아온 땅」은 1970년대를 살아가는 자식 세대들에
게 연좌제라는 이름으로 따라붙었던 한국전쟁의 상처,

그리고 '빨갱이'라는 말을 교묘하게 이용하는 당시 권력의 속성을 비판한다.

주인공의 남편은 한국전쟁 때 인민군에게 허망하게 총살당했고 남편의 동생은 두려운 마음에 인민군과 함께 북으로 갔다. 월북한 삼촌 때문에 주인공의 아들과 딸의 진로에 먹구름이 낀다. 아들은 국립기관 연구원에 합격했지만 신원조회에 걸려 2차에서 떨어진다. 아들은 실망하지만 그나마 유수한 개인 기업체에 취업하게 된다. 한편 결혼을 약속한 남자친구와 서독으로 유학을 가기로 한 딸은 연좌제에 걸려 동행이 불가능해진다.

이런 상황에 처하자 딸은 아버지와 삼촌에 대해 자세히 알고 싶어 한다. 주인공은 딸과 함께 남편이 죽은 고향에 가보기로 한다.

변하지 않은 건 동구 밖 미루나무밖에 없었다. 그중 제일 큰 미루나무에 묶여서 남편은 총살당했다. 강렬한 태양으로 미루나무 잎이 거의 은백색으로 보이던 그 지겹던 여름날에. (…)
그리고 어스름 달밤 혼자 몰래 미루나무 숲으로 갔다. 제일 큰 미루나무의 수피를 어루만졌다. 거기 남편이 총살

미루나무는 가지가 옆으로 퍼져서 자란다. 성장이 빨라서 일제강점기 이후
가로수로 많이 심었다.

당할 때 입은 총상이 남아 있을 터였다. 아무리 어루만져도 총상을 찾아낼 순 없었다. 그러나 나는 미루나무를, 그 유일한 목격자를, 남편이 피 흘릴 때 같이 피 흘린 몸뚱이를 껴안았다. (…)

미루나무도 나에게 그 회답을 주지는 않는다. 미루나무는 다만 인간이 하는 미친 짓을 목격했을 뿐이지 이해하지는 못했으리라.

사람을 미루나무에 묶어 처형하는 장면은 박완서의 다른 단편소설 「아저씨의 훈장」에도 나온다. 친자식 대신 조카만 데리고 피난 온 아저씨의 비참한 말로를 그린 작품으로 주인공이 어린 시절 전쟁의 참혹상을 목격한다.

삼팔선이 가까운 우리 마을은 한국전쟁 때 제일 먼저 인민군이 들어왔고 패주할 때도 나중까지 머물러 있었다. 나의 어린 눈에 그들은 장난감 총으로 장난을 하는 것처럼 사람들을 잘도 죽였다. 마을 앞을 흐르는 시냇가에 곧게 자란 미루나무에 사람들을 동여매놓고 난사하는 걸 은표와 나는 끈끈한 손을 맞잡고 구경했었다. 사람들은 죽어서도 눕지 못하고 고개만 떨구었다. 그때의 뙤약볕과,

무수한 은화銀貨를 매달아놓은 것처럼 뙤약볕에 반짝이던 미루나무 잎과, 죽음을 뿜던 음산한 총신은 오래도록 나의 기억에 악몽으로 남아 있었다.

주인공과 딸은 별다른 소득 없이 귀경 버스에 오른다. 그런데 버스 안에서 그들은 빨갱이라는 망령이 여전히 생생하게 살아 있음을 보여주는 일을 겪는다. 버스 안에서 한 취객이 옆에 있는 아가씨에게 노래를 해보라고 집요하게 강요한다. 한 승객이 분연히 일어나 항의하지만, 취객이 "나를 끌어내리라고 한 놈은 빨갱이 새끼"라고 말하자 승객은 힘없이 주저앉는다. 다른 승객들도 아무런 대응을 하지 못한다.

취객은 빨갱이라는, "악 중에도 최악을 내세워 자기가 저지른 악을 최소한으로 축소하고 마침내 무화無化하는 데 성공"한 것이다. 주인공은 심한 차멀미를 겪고, 버스에서 내린 뒤에도 땅멀미가 멈추지 않는다.

작품은 권력을 취객으로, 박정희 정권 당시 대한민국을 버스로 비유하고 있는 것이다. 지금 읽어도 충격적인데, 1970년대에 이런 소설을 발표해도 별문제가 없었는지 걱정스러울 정도다. 새삼 작가의 용기에 경의를 표하지 않을 수 없다.

문학평론가 하응백은 이 작품이 실린 소설집『배반의 여름』해설에서 "기실 이 멀미는 차멀미가 아니라 반공으로 무장한 박정희 정권에 대한 멀미이며, 당시의 시대적 상황으로는 최대한의 문학적 저항이었다"라고 말한다.

미루나무는 넙죽, 양버들은 길쭉

「돌아온 땅」에 나오는 미루나무는 생장이 빨라서 일제 강점기 이후 신작로를 만들 때 가로수로 심었다. 버드나무과 나무라 하천변처럼 습기가 많은 곳에서 잘 자란다. 원래 이름은 미국에서 들여온 버드나무라는 의미로 '미류美柳나무'였는데, 발음하기 어려운 '류'를 '루'로 바꾼 미루나무가 표준어로 자리 잡았다. 거의 같은 시기에 비슷한 나무인 '양버들'도 대량 들여왔는데, 이는 '서양에서 들어온 버드나무'란 뜻이다. 따지고 보면 미국에서 들어온 버드나무인 미루나무나 양버들은 같은 말인 셈이다.

1970년대까지 특별히 관리하지 않아도 잘 자라는 양버들이나 미루나무 같은 포플러류 나무들을 신작로에 많이 심었다. 멀리서도 마을 입구임을 알려주는 나무가 대

양버들은 싸리 빗자루처럼 위로 길쭉하게 자란다. 양버들은 서양에서
들어온 버드나무라는 뜻이다.

부분 미루나무였다. 그래서 자연스럽게 이 시대를 배경으로 한 소설이나 시에 미루나무가 많이 등장한다.

미루나무와 양버들은 비슷하게 생겨서 사람들이 자주 혼동한다. 흔히 양버들을 보고 미루나무라고 부르는 경우가 많다. 미루나무는 가지가 옆으로 퍼져 자라지만, 양버들은 위로 길쭉하게 싸리 빗자루 모양으로 자란다. 따라서 "미루나무 꼭대기에 조각구름 걸려 있네"라는 동요의 배경 그림으로 빗자루 모양 나무를 그려 넣으면 틀리는 것이다.

박완서의 소설 「저문 날의 삽화 4」에서 주인공이 젊은 시절을 회상하는 대목을 보면 "그는 미루나무처럼 키 크고 씩씩했고 나는 어여쁘고 팽팽했더랬다"라는 문장이 있다. 작품에는 미루나무라고 나와 있지만 "키 크고"라는 표현으로 보아 양버들이 아닌가 싶다.

잎 모양은 반대다. 미루나무 잎은 좀 길쭉해 폭보다 길이가 길고, 양버들 잎은 길이보다 폭이 넓은 경우가 많다. 또 양버들은 맹아지웃자란 가지가 많지만 미루나무는 거의 나오지 않는 점도 다르다.

이동혁 풀꽃칼럼리스트는 '만행' 하면 1976년 '판문점 도끼만행사건'이 떠오르는데 그 사건에 등장하는 미루나

미루나무 잎(오른쪽)은 폭보다 길이가 길고, 양버들 잎(왼쪽)은 길이보다
폭이 넓은 경우가 많다.

무가 혹시 양버들 아닐까 하는 호기심에 당시 사진을 찾
아보았다고 한다. 그는 문제의 나무는 싸리 빗자루처럼
길쭉한 모양이 아니라 옆으로 퍼진 형태여서 미루나무가
확실하다고 했다. 당시 사건은 미루나무 가지가 시야를
가려 미군과 한국군이 가지치기하는 과정에서 벌어졌다.
가지가 옆으로 퍼지지 않고 수직으로 자라는 양버들이었
다면 시야를 덜 가려서 그런 끔찍한 사건이 발생하지 않
았는지도 모른다.

서울 선유도공원에는 미루나무와 양버들 둘 다 있어
두 나무를 비교하기 좋다. 빗자루 모양의 양버들은 선유

교 전망대 주변에 있고, 옆으로 퍼진 미루나무는 전망대에서 오른쪽 계단으로 내려가면 바로 줄지어 있다. 선유도공원에는 양버들과 미루나무의 잡종인 이태리포플러도 있다. 수형은 미루나무와 비슷하게 옆으로 퍼지는 형태고 잎은 아래쪽이 납작한 삼각형 모양이다.

생장이 빠른 미루나무와 이태리포플러는 요즘 잘 심지 않는 추세다. 반면에 양버들은 여전히 많이 심는다. 서울시는 한강공원을 정비하면서 양버들을 많이 심었다. 한강사업본부 관계자는 "양버들이 하천변에서 잘 자라는 데다 길게 뻗은 모양이 경관에 좋아 산책로를 따라 심고 있다"고 말했다. 한강변에서 거꾸로 세워놓은 싸리 빗자루 모양 나무가 있으면 양버들이라고 생각해도 틀리지 않을 것이다.

나무와 두 여인

『나목』| 플라타너스

박수근 화백과의 인연을 담다

박완서 작가는 1970년 등단해 40년 동안 수많은 작품을 남겼다. 그중 작가가 가장 마음에 든 작품은 무엇이었을까. 2009년 토지문학관 문학 강좌에서 이 질문을 받은 박완서는 "등단작 『나목』裸木에 애착을 많이 가지고 있다"고 대답했다.

애착이 가는 것은 잘 썼다는 것과는 다른데, 그것은 아마 세상 엄마들이 첫아이에게 느끼는 그런 애착이 아닐까 싶다. 이 작품으로 마흔 살에 작가로 변신에 성공했기 때문도 있을 것이다.

『나목』이 그녀에게 "주부로서, 엄마로서의 삶과는 전혀 다른 삶의 문을 열어주었다"는 것이다. 작가는 또 1985년 판 『나목』, 「작가의 말」에서 "요새도 나는 글이 도무지 안 쓰여져 절망스러울 때라든가 글 쓰는 일에 넌더리가 날 때는 『나목』을 펴보는 버릇이 있다. 아무데나 펴 들고 몇 장 읽어 내려가는 사이에 추하게 굳은 마음이 문득 정화되고 부드러워져서 문학에의 때 묻지 않은 동경을 돌이킨 것처럼 느낄 수 있으니 내 어찌 이 작품을 편애 안 하랴"*고 썼다.

『나목』은 작가가 한국전쟁 중 만난 화가 박수근과의 인연을 바탕으로 쓴 소설이다. 등단작이라 "박완서의 작품세계 전반을 관통하는 모티프들이 뒤섞여 있는 작품"** 이기도 하다.

박완서는 한국전쟁 중에 오빠와 숙부를 잃었다. 이 사건은 두고두고 박완서 작품에서 반복해 등장한다. 무엇보다 박완서는 가족의 생계를 책임져야 했는데, 운 좋게도 미8군의 PX 초상화부에 취직했다. 거기서 일하던 화가가 박수근 화백이었다. 박수근 화백을 알고 지낸 기간

---

* 　호원숙의 『엄마는 아직도 여전히』에서 재인용.
** 세계사 판 해설.

은 1년이 채 안 되었지만 박완서는 20년 가까이 지난 불혹의 나이에 그때의 인연을 토대로 소설을 쓴 것이다.

나목 곁을 잠깐 스쳐간 여인

『나목』은 1970년 『여성동아』 여류 장편소설 공모 당선작이다.

이 소설의 배경은 1951~52년으로 주인공 경아는 전쟁으로 대학을 중퇴하고 어머니와 함께 살고 있다. 아버지는 전쟁 직전 병사했고, 두 오빠는 행랑채에 숨어 있다 폭격으로 사망하자 어머니는 삶의 의욕을 잃는다.

어쩌면 하늘도 무심하시지, 아들들은 몽땅 잡아가시고 계집애만 남겨놓으셨노.

어머니의 이 같은 원망에 경아는 두 오빠의 죽음이 자신의 잘못이라는 죄책감에 시달린다.

죽고 싶다. 죽고 싶다. 그렇지만 은행나무는 너무도 곱게 물들었고 하늘은 어쩌면 저렇게 푸르고 이 마당의 공기는 샘물처럼 청량하기만 한 것일까. 살고 싶다. 죽고 싶다.

살고 싶다. 죽고 싶다.

이 대목은 경아의 마음을 잘 보여주고 있다. 경아는 전쟁과 가족의 죽음으로 충격 속에서 생사의 줄타기를 하고 있는 것이다.

지금의 서울 신세계백화점 본점 자리에 미8군 PX가 있었다. 경아는 이 PX의 초상화부에서 일하는데, 어느 날 옥희도가 화가로 합류한다. 옥희도는 미군들이 가족이나 애인의 사진을 가져오면 몇 달러를 받고 사진과 똑같이 그림 그려주는 일을 했다. 대학생이랍시고 '환쟁이'를 업신여겼던 경아는 이상하게도 옥희도에게 끌린다. "아주 황량한 풍경의 일각 같은 것이 그의 눈 속에 깊이 있는 것" 같았다.

두 사람은 명동성당과 완구점 앞에서 데이트하면서 서로 호감을 느낀다. 옥희도는 "사람이고 싶어. 내가 사람이라는 확인을 하고 싶어"라고 말한다. 또 오랫동안 그림을 못 그렸다며 "미치도록 그리고 싶어. 정진과 몰두의 시간을 마음껏 누리고 싶어"라고 말한다. 그즈음 경아는 옥희도의 집에서 그가 작업 중인 그림을 본다. 그는 죽어가는 고목을 그리고 있었다.

나는 캔버스 위에서 하나의 나무를 보았다. 섬뜩한 느낌이었다. 거의 무채색의 불투명한 부연 화면에 꽃도 잎도 열매도 없는 참담한 모습의 고목이 서 있었다. 그뿐이었다.

화면 전체가 흑백의 농담으로 마치 모자이크처럼 오톨도톨한 질감을 주는 게 이채로울 뿐 하늘도 땅도 없는 부연 혼돈 속에 고목이 괴물처럼 부유하고 있었다.

한발에 고사한 나무―그렇다면 잔인한 태양의 광선이라도 있어야 할 게 아닌가?

갓 스무 살인 경아와 아내와 다섯 아이가 있는 옥희도의 만남은 처음부터 오래갈 수 없었다. 경아는 사랑을 고백하지만 옥희도는 "경아는 나를 사랑한 게 아냐. 나를 통해 아버지와 오빠를 환상하고 있었던 것뿐이야"라며 그녀를 떠난다. 세월이 흘러 중년에 접어든 경아는 어느 날 옥희도의 유작전을 보러 간다. 경아는 과거에 보았던 그림 속 나무가 단순한 고목枯木이 아니라, 나목裸木이었음을 비로소 깨닫는다.

나는 좌우에 걸린 그림들을 제쳐놓고 빨려들듯이 곧장 나무 앞으로 다가갔다.

나무 옆을 두 여인이, 아기를 업은 한 여인은 서성대고 짐을 인 한 여인은 총총히 지나가고 있었다.

내가 지난날, 어두운 단칸방에서 본 한밤 속의 고목, 그러나 지금의 나에겐 웬일인지 그게 고목이 아니라 나목이었다.(⋯)

나는 홀연히 옥희도 씨가 바로 저 나목이었음을 안다. 그가 불우했던 시절, 온 민족이 암담했던 시절, 그 시절을 그는 바로 저 김장철의 나목처럼 살았음을 나는 알고 있다.

나는 또한 내가 그 나목 곁을 잠깐 스쳐간 여인이었을 뿐임을, 부질없이 피곤한 심신을 달랠 녹음을 기대하며 그 옆을 서성댄 철없는 여인이었을 뿐임을 깨닫는다.

옥희도가 그린 나무가 다시는 꽃을 피우지 못하는 고목이 아니라 잠시 성장을 멈추고 어려운 한 시기를 극복하는 나목이었음을 주인공이 깨닫는 장면이다. 여기서 나오는 그림은 박수근 화백이 1950년대에 그린 「나무와 두 여인」이다.

그림에는 잎이 지고 가지만 앙상히 남은 나무, 즉 '나

박수근, 「나무와 두 여인」. 『나목』의 모티프가 된 작품이다.

목'을 가운데 둔 두 여자가 있다. 소설의 맥락상 아이를 업고 있는 여자는 경아가 질투심을 느꼈던 옥희도의 아내고 머리에 짐을 인 채 종종걸음 치며 지나가는 여인은 '스쳐간 여자' 경아일 것이다.

박완서는 『나목』 집필 후기에서 이 소설을 쓴 계기에 대해 말한다.

『나목』은 어디까지나 소설이지 전기 실화가 아니다. 『나목』을 소설로 쓰기 전에 박수근 화백에 대한 전기를 써 보고 싶었던 건 사실이지만, 내가 그를 알고 지낸 게 전쟁 중 일 년 미만의 짧은 시간이었기 때문에 전기를 쓰기엔 그에 대해 아는 게 너무 없었다. (…) 그렇지만 한 예술가가 1·4후퇴 후의 암담한 불안의 시기를 서울에서 미치지도 않고, 환장하지도 않고, 술 취하지도 않고, 화필도 놓지 않고, 가족의 부양도 포기하지 않고 어떻게 살았나, 한 예술가의 삶의 모습을 증언하고 싶은 생각을 단념할 수 없었다.

박완서는 또 2009년 서울대 관악초청강연에서 "1969년인가 그분의 유작전을 본 후, 한국전쟁 때 내가 어떻게 살았나 쓰고 싶었던 마음은 다 없어지고, 그분에 대해 쓰고 싶은 마음을 억제할 수 없었다"고 말했다. 또한 "그때는 결혼해서 한 20년쯤 편하게 살다보니 전쟁 때 고생한 기억도 흐려지고 따라서 쓰고 싶은 욕망도 사라진 후였는데, 느닷없이 그분에 대해 증언하고 싶은 생각이 든 것"이라고 말했다.

박완서는 한국전쟁이 삶에 미친 영향을 증언하기 위해 많은 소설을 썼지만 등단작 『나목』은 박수근의 삶을 증언하기 위해 쓴 것이라는 점을 분명히 한 것이다. 그녀는 한 인터뷰에서 "물론 소설에 나오는 것처럼 박수근과 어떤 러브 스토리가 있었던 건 아니다. 저는 스무 살쯤이었고 그분은 저의 아버지 연배였다"라고 했다. 그 후 그녀는 자전소설 『그 산이 정말 거기 있었을까』에서도 박수근과 일화를 비교적 간략하게 서술했다.

훈구파 가로수와 사림파 가로수

「나무와 두 여인」에 나오는 저 나무, 그러니까 소설 『나목』을 관통하는 저 나무는 무슨 나무일까. 가지치기 한 나무 형태로 보아 플라타너스양버즘나무로 짐작할 수 있다.

박수근은 한국전쟁 즈음 서울 동대문 근처 창신동에 살았다. 박수근은 자신이 살던 창신동 골목 풍경을 주로 그렸다. 거기에는 플라타너스가 많았다. 플라타너스는 워낙 성장이 빨라 가지치기를 뭉텅뭉텅 해줄 수밖에 없다. 특히 박수근 화백의 다른 그림「골목안」을 보면 중간중간이 모질게 잘린 곁가지들 모양이 영락없는 플라타너스다.

1950년대 서울 시내 가로수는 플라타너스가 가장 많았다. 박수근은 1950년대 초부터 나무가 등장하는 작품을 그리기 시작했고,「나무와 두 여인」을 반복적으로 변형해 큰 사이즈의 작품들을 제작하기도 했다. 박완서는 산문집『못 가본 길이 더 아름답다』에서 "그와 내가 한 식상에서 보낸 그해 겨울, 같이 퇴근하던 폐허의 서울에도 나목이 된 가로수는 서 있었다"며 박수근 화백을 추억했다.

플라타너스는 은행나무와 함께 우리나라, 특히 서울의 대표적인 가로수로 자리 잡았다. 매연이나 각종 공해에 관계없이 아무 곳에서나 잘 자라는 데다 넓적한 잎이 한여름의 따가운 햇볕을 가려주고 시끄러운 소리를 막아주어 가로수로 제격이기 때문이다. 플라타너스는 1910년

박수근 화백의 「골목안」. 중간 중간이 모질게 잘린 곁가지 모양이 영락없는 플라타너스다.

서울 창경궁 주변 플라타너스. 가지치기한 모습이 박수근 화백의 그림 속 나무와 닮았다.

쯤 처음 미국에서 수입한 것으로 알려져 있다. 지금도 오래된 동네에 가보면 그곳의 가로수는 대부분 플라타너스다.

　창경궁 주변 플라타너스는 일제강점기부터 서울의 영욕을 지켜보았다. "꿈을 아느냐 네게 물으면/플라타너스"로 시작하는 김현승 시인의 시 「플라타너스」가 나온 것은 1953년이다. 플라타너스의 또 다른 이름 '양버즘나무'는 나무껍질이 얼굴에 버짐이 핀 것처럼 보인다고 해서 붙여진 것이다. 버즘나무는 열매 자루에 열매가 두 개에서 여섯 개 정도 달린 나무인데 도심이나 자연에서는 보기 어렵기 때문에 양버즘나무 하나만 기억해도 된다. 어릴 때 플라타너스 나무 열매로 꿀밤 때리는 장난을 한 기억이 있는 사람이 많을 것이다. 그래서 플라타너스를 '꿀밤나무'라고 부르기도 한다.

1980년대 초엔 플라타너스가 서울 가로수의 절반 가까이 차지했다. 그런데 88서울올림픽을 앞두고 가을 단풍이 보기 좋다고 은행나무를 대대적으로 심으면서 가로수로 은행나무가 1위에 올랐다. 1990년대 초반 두 나무의 비중은 90퍼센트에 육박했다. 서울 가로수는 거의 플라타너스 아니면 은행나무였던 것이다. 가을 하면 사람들이 대부분 붉은 단풍과 함께 노란 은행잎과 거리에 흩날리는 플라타너스 잎을 연상하는 것은 이 때문이다. 두 나무는 삭막한 서울 경관을 바꾸는 데 크게 기여했다.

그러나 두 나무는 조금씩 문제가 있었다. 은행나무는 열매가 떨어지면 지저분해지고 악취가 났다. 수나무만 심으면 문제가 없지만 15-20년 자라 열매를 맺기까지 암수를 구분할 방법이 없었다. 임신부 배를 보고 아들딸 구분하듯, 가지가 위로 뻗으면 수나무, 아래로 뻗으면 암나무라는 속설에 따라 수나무를 골랐지만, 지금도 서울에 있는 은행나무 10만여 그루 가운데 2만 그루는 암나무다.

우리나라에서 이팝나무는 한 해의 풍년을 점치는 나무로 흰 꽃이 많이 피는 해는 풍년이 든다고 한다. 꽃이 피면 소복이 얹힌 쌀밥(이밥)처럼 보여 이팝나무라는 이름이 붙었다.

국립산림과학원이 2011년 DNA 성감별법을 개발해 지금은 수나무만 골라 심을 수 있다.

플라타너스는 성장이 빨라 가지치기를 자주 해야 하는데다 어린잎의 뒷면에 나는 털이 기관지 알레르기를 일으키는 것으로 알려져 계속 심기가 어려워졌다. 이에 따라 1990년대 들어서면서 이 같은 단점이 적은 느티나무와 벚나무를 대체 수종으로 많이 심었다. 하지만 여전히 플라타너스는 은행나무와 함께 우리나라, 특히 서울의 가로수를 대표한다.

은행나무, 양버즘나무, 느티나무, 벚나무가 가로수의

회화나무를 심으면 큰 학자가 난다고 해서 조선시대 궁궐의 마당이나 서원에 많이 심었다.
가시가 없고 잎이 아카시아 잎보다 작은 편이다.

'훈구파'라면, 2000년대 들어 '사림파' 가로수들이 본격적으로 서울에 진출하기 시작했다. 바로 이팝나무, 회화나무, 메타세쿼이아다. 이팝나무는 개화 기간이 길어 초여름까지 꽃이 핀다. 이러한 이유로 서울시는 청계천을 복원할 때 가로수로 이팝나무를 선택했다. 이팝나무는 꽃이 피면 마치 이밥쌀밥을 얹어놓은 것 같다. 회화나무는 학자들이 서원을 열면 임금이 하사한 나무로 '학자나무'라고도 불렀다. 언뜻 보면 아카시아나무정식 이름은 아까시나무와 비슷하게 생겼지만, 가시가 없고 잎이 아카시아 잎보다 작은 편이다. 메타세쿼이아는 백악기에 공룡과 함께 살았던 나무다. 빙하기를 거치면서 멸종한 줄 알았는데, 1946년 중국에서 발견된 후 성장속도가 빠르고 형태도 아름다워 전 세계로 보급됐다.

2018년 현재 서울 가로수는 은행나무35.8퍼센트, 플라타너스21.1퍼센트, 느티나무11.7퍼센트, 왕벚나무10.7퍼센트가 주류를 이루고, 이팝나무, 회화나무, 메타세쿼이아가 2-5퍼센트씩을 차지해 '7대 가로수'를 형성하고 있다.

박수근은 그림으로, 박완서는 소설로 그려낸 플라타너스. 깊어지는 가을에 플라타너스 쌓인 거리를 걸으면서 두 거장의 작품을 음미해보는 것도 좋을 것 같다.

비로드처럼 부드럽고 푸른 옥수수 밭

「카메라와 워커」| 옥수수

춤추는 경이로움

문학평론가인 고故 김윤식 서울대 교수가 2012년 출간한 『내가 읽은 박완서』는 박완서 소설에 대한 평론과 함께 작가와의 인연을 담았다. 김윤식은 이 책에서 1975년 강의 중 "근래에 읽은 작품 중 신인 박완서 씨의 「카메라와 워커」가 군계일학격의 돋보이는 작품"이라고 말한 것을 소개했다. 그 강의가 끝난 후 수업을 들은 한 여학생 작가의 큰딸 호원숙이 연구실로 찾아와 아까 말한 그 작가가 자기 어머니라고 했고, 그로부터 보름 후 박완서 작가가 자주색 한복 차림으로 연구실로 찾아온 사연을 소개했다. 김윤식은 그 후 "그 여인이 문단 정상에 올라 공작새처럼 화려한 춤을 추고 있음을 보는 일이 내게는 실로 경이로움 그 자체였다"고 했다.

이처럼 김윤식은 박완서의 「카메라와 워커」를 "시대정신에 대한 미미하나 매우 중요한 비판의식을 밑바닥에 깔고 있다"며 높이 평가했다. 김윤식은 2012년 박완서 작가 1주기에 맞춰 출간한 마지막 소설집 『기나긴 하루』에도 「카메라와 워커」를 추천했다.

「카메라와 워커」는 박완서의 다른 소설처럼 자전적 성격이 강한 작품으로 한국전쟁 때 목숨을 잃은 오빠의 아들, 그러니까 작가의 조카에 대한 이야기다.

주인공의 오빠가 전쟁 중 참혹하게 죽고 올케마저 폭사해 주인공은 어머니와 함께 어린 조카 훈이를 키웠다. 주인공이 결혼해 첫아기를 낳았을 때도 마치 둘째를 낳은 기분이었다. 주인공 어머니의 소원은 손자가 좋은 대학 나와 "결혼해서 일요일이면 처자식 데리고 카메라 메고 놀러 나가고 당신은 집을 봐주는" 것이다. 그런데 주인공은 훈이가 고등학교 때 문과를 택하자 억지로 이과로 전과시킨다. 오빠가 한국전쟁 때 까닭 없이 죽은 일이 문과 출신인 것과 상관있다고 믿기 때문이었다. 훈이는 성적이 형편없이 떨어져 삼류대 공대 토목과에 입학한다.

대학은 무사히 졸업했지만 취직은 쉽지 않았다. 훈이

가 해외 취업을 하겠다고 하자, 주인공은 훈이에게 "꼭 이 땅에서, 내 눈앞에서 잘 살아주었으면 하는" 소망이 있으며 그것이 "내가 겪은 더럽고 잔인한 전쟁에 대해 통쾌하게 복수"하는 것이라며 만류한다.

훈이는 겨우 Y건설의 영동고속도로 건설 현장에 임시직 자리를 얻는다. 현장소장이 가르쳐준 준비물에는 워커도 있었다. 그런데 한여름이 되도록 훈이에게 연락이 없자 주인공은 오대산 월정사 입구 공사 현장으로 찾아간다. "참 옥수수도 많은 고장"이었다. "저만치 한여름의 옥수수 밭이 짙푸르고, 마을의 집들은 온통 약속이나 한 듯이 주황 아니면 빨간 지붕을 이고 있었다."

훈이는 너무나 열악한 환경에서 일하고 있었다. 하숙방은 좁고 더러웠으며, 벗어놓은 워커에서는 심한 악취가 났다. 봉급도 형편없었지만, 임시직 신세라 하소연할 수조차 없다. 공사 현장은 벌써 서울물이 들었는지 인심이 박했다. 조카는 "이 옥수수 고장에서 여태껏 옥수수 한 자루를 못 얻어먹어봤다"고 했고, 주인공은 그 얘기를 듣고 "부아가 부글부글 치솟는 걸 느꼈다."

주인공은 조카에게 서울로 돌아가자고 하지만, 조카는 더 비참해지고 싶다며, 그래서 "고모와 할머니로부터,

「카메라와 워커」의 배경이 된 오대산 월정사 입구에 있는 옥수수 밭.
옥수수는 기후 적응력이 뛰어나 어디서든 쉽게 뿌리내린다.

그리고 이 나라로부터 순조롭게 놓여"나고 싶다며 거절
한다.

드디어 버스가 오고 나는 그것을 혼자서 탔다. 나는 훈이
에게 몇 번이나 돌아가라고 손짓했으나 훈이는 시골 버스
가 떠나기까지의 그 지루한 시간을 워커에 뿌리라도 내린
듯이 꼼짝 않고 서 있었다. 나는 그게 보기 싫어 먼 데를
바라보았다. 논의 벼는 비단 폭처럼 선연하게 푸르고, 옥

수수 밭은 비로드처럼 부드럽게 푸르고, 먼 오대산의 연봉의 기상은 웅장하고, 오대산에서 흘러내린 맑은 물이 도처에서 내와 개울을 이루고 있다. 아름다운 고장이다. 이 땅 어디메고 아름답지 않은 곳이 있으랴. 그러나 아직도 얼마나 뿌리내리기 힘든 고장인가.

주인공은 돌아오는 길에 조카를 "이 땅에 뿌리내리기 가장 쉬운 무난한 품종"으로 키우는 것이 빗나갔다고 인정하며 무엇이 잘못되었는지 혼란스러운 감정을 느낀다. 「카메라와 워커」는 '카메라'와 '워커'가 선명한 대조를 이루고 있는 데다 여운이 길어 더욱 감동적으로 나가온다. 읽어본 사람이라면 문학평론가 김윤식이 왜 그렇게 이 작품을 높이 평가했는지 충분히 이해할 수 있을 것이다. 제목 「카메라와 워커」는 주말 여가를 누릴 수 있을 만큼 여유 있는 중산층의 삶과 한군데 뿌리내리지 못하고 힘들게 살아가는 하층 신분의 삶을 각각 상징하는 것 같다. 김윤식은 『내가 읽은 박완서』에서 "카메라 쪽으로 키우려다 워커 쪽이 되고 만 사실에 직면해 스스로 '혼란'을 느끼는 수준에서 더 나아가지 않은 것이 이 작품의 감동의 원천"이라고 했다.

이 소설에는 옥수수가 여러 번 등장한다. 옥수수는 어디서나 쉽게 잘 적응해 뿌리내리는 대표적인 작물이다. 작가가 이 같은 옥수수의 속성을 알고 의도적으로 사용했을 수도 있고, 단지 풍경을 묘사하기 위한 장치로만 사용했을 수도 있다. 그렇지만 옥수수의 속성과 작품을 연결 지어 조카를 옥수수처럼 "이 땅에 뿌리내리기 가장 쉬운 무난한 품종"으로 키우고자 했지만 그렇게 하지 못한 고모의 안타까움을 다룬 작품이라고 봐도 큰 무리는 없을 것 같다.

「카메라와 워커」에 등장하는 주인공의 조카는 박완서의 다른 소설 「엄마의 말뚝 3」에서 장성한 모습으로 나온다. 소설에서는 주인공의 어머니가 노환으로 사망하자 조카가 상주로 장례를 치른다. 그는 장례버스 운전기사가 돈을 달라며 손을 내밀자 당황하지 않고 대처하는 등 여러 가지 상황을 능수능란하게 처리하는 인물로 나온다. 그 정도면 옥수수처럼 이 땅에 무난하게 뿌리를 내린 것일까.

「카메라와 워커」는 1975년에 출간된 소설인데도 오늘날 가장 큰 사회 문제 중 하나인 비정규직 문제의 핵심이 잘 드러난다. 조카는 "여기 와보니 6개월만 기다리라는 임시직 신세로 3-4년을 현장으로만 굴러다니는 친구가 수두룩해. 임시직에겐 봉급 조금 주고, 일요일도 없이 부려 먹고, 책임은 없고, 얼마나 좋아. 회사 측으로선 훌륭한 경영 합리화지"라고 말한다. 44년 전에 쓴 소설인데도 요즘 상황이라고 해도 무리가 없을 만큼 우리 사회의 현실이 변하지 않은 것이다.

오뚝이처럼 일어나는 놀라운 생명력

옥수수는 열대 아메리카 원산으로, 아메리카 대륙 인디언들의 주식이었다. 옥수수는 쌀, 밀과 함께 세계 3대 식량 작물 가운데 하나다. 1492년 아메리카 대륙에 도착한 유럽인들은 원주민들의 옥수수를 스페인으로 가져가 유럽 전역에 퍼뜨렸다. 이것이 16세기 들어 중국과 인도, 우리나라까지 전해졌다.

옥수수는 기후 적응력이 뛰어나 서늘하고 건조한 기후에서도 잘 자란다. 현재는 미국이 전 세계 옥수수 생산량의 50퍼센트를 차지하고 있으며 최근에는 가축의 사료뿐만 아니라 바이오 에너지로도 많이 사용하고 있다.

옥수수는 수꽃과 암꽃이 한 그루에 있다. 수꽃은 줄기의 맨 윗부분에 삼각형으로 늘어지듯 달리고 암꽃은 아

옥수수 줄기의 맨 윗부분이
수꽃이고, 암꽃은 아래쪽
잎겨드랑이에 달린다.
우리가 먹는 부분이 바로
암꽃차례다.

래쪽 잎겨드랑이에 달린다. 옥수수 같은 풍매화 식물에
게 중요한 것은 자가수정을 피하는 것이다. 이 문제를 해
결하기 위한 방법은 시간차 성숙이다. 수꽃이 먼저 피어
꽃가루를 날린 다음 이틀 후쯤 암꽃이 성숙해 남의 꽃가
루를 받는 것이다.

우리가 먹는 부분이 바로 암꽃차례다. 이 암꽃차례는
아래쪽 잎겨드랑이 포에 겹겹이 싸여 있다. 길게 나와 있
는 수염이 암술대다. 수염을 따라가면 옥수수 알곡 하나

하나로 이어져 있다. 암꽃이 주머니 속에 싸여 있으니 꽃가루받이를 하려면 이렇게 길게 밖으로 나와 있어야 한다.

이유미 국립수목원장은 에세이집 『광릉 숲에서 보내는 편지』에서 "옥수수는 꽃이 피기 전 쓰러지더라도 혼자 오뚝이처럼 일어서는 놀라운 생명력을 갖고 있다"고 말했다. 옥수수는 원래 뿌리가 있던 곳에서 세 마디쯤 위쪽에서 줄기를 삥 둘러서 굵은 뿌리가 나오는데, 기울어져 있는 부분의 뿌리가 굵고 길게 나와 뻗으면서 줄기를 받쳐 스스로를 일으켜 세운다는 것이다.

오뚝이처럼 일어나는 놀라운 생명력을 가진 옥수수처럼 작가는 작품 속의 조카가 역경을 딛고 일어나기를 바라는 마음으로 옥수수를 소재로 삼은 것이 아닐까.

연인을 지키는 꼬마 파수꾼의 초롱불

「그 여자네 집」| 꽈리

사랑하는 연인들의 열매

「그 여자네 집」은 일제의 징병, 위안부 모집, 그리고 남북 분단 때문에 사랑을 이루지 못한 만득이와 곱단이의 안타까운 사연을 다룬 박완서의 단편소설이다. 박완서는 위안부 문제를 다룬 어떤 다큐멘터리보다 더 사실적으로 피해자들의 고통을 담아냈다. 아름다운 이 작품은 제목이 같은 김용택 시인의 시를 모티프로 했다.

주인공은 한 낭송회에서 김용택의 시 「그 여자네 집」을 낭송한 것을 계기로 같은 동네에 살던 만득이와 곱단이를 떠올린다. 두 사람은 주인공 또래의 어여쁜 연인으로 마을에서는 이들의 연애를 흐뭇하게 바라보았다. 두 사람이 예쁜 사랑을 할 무렵, 만득이가 곱단이에게 보낸 편지에는 꽈리를 연인을 지키는 '꼬마 파수꾼의 초롱불'

오렌지색으로 한껏 부푼 꽈리 열매. 「그 여자네 집」에선 이 모습을 "꼬마 파수꾼들이
초롱불을 빨갛게 켜들고 서 있는 것 같다"고 표현했다.

이라는 특별한 이미지로 표현한다.

곱단이는 나에게 가끔 만득이가 보낸 편지를 보여줄 적이
있었다. (…) 그중 아직도 생각나는 것은 곱단이네 울타
리 밑의 꽈리나무를 "꼬마 파수꾼들이 초롱불을 빨갛게
켜들고 서 있는 것 같다"고 표현한 거였다. 당시 우리 동
네 집들은 거의 다 개나리로 뒤란 울타리를 치고 살았다.
그리고 뉘 집이나 울타리 밑에서 꽈리가 자생했다. (…)
익은 꽈리는 단풍보다 고왔고, 아닌 게 아니라 초롱처럼

앙증맞았다. 그러나 그맘때면 붉게 물든 감잎도 더 고운 감한테 자리를 내주고, 들에서는 고추가 다홍빛으로 물들 때였다. 꽈리란 심심한 계집애들이 더러 입안에서 뽀드득대는 것 외엔 아무싹에도 쓸모없는 하찮은 잡초에 불과했다. 우리 집 울타리 밑에도 꽈리가 지천으로 자라고 있었다. 그렇게 흔해빠진 꽈리 중 곱단이네 꽈리만이 초롱에 불켜든 꼬마 파수꾼이 된 것이다.

주인공이 약간의 질투를 섞어 곱단이를 부러워하는 것이 보이는가. 자기 집에도 꽈리가 지천인데 곱단이네 꽈리만이 연인을 그리는 사랑의 상징으로 등장하고 있는 것이다. "마누라가 예쁘면 처갓집 말뚝 보고도 절한다"는 속담이 있는데, 이 경우에 딱 맞는 표현같다.
　살구꽃 등 봄꽃이 흐드러지게 피는 마을의 모습은 더없이 아름답다.

우리 마을엔 꽈리뿐 아니라 살구나무도 흔했다. 살구나무가 없는 집이 없었다. 여북해야 마을 이름도 행촌리 杏村里였겠는가. 봄에 살구나무는 개나리와 함께 온 동네를 꽃대궐처럼 화려하게 꾸며주었지만, 열매는 시금털털한 개살구였다. 약에 쓰려고 약간의 씨를 갈무리하는 집이 있긴 해도 열매는 아이들도 잘 안 먹어서 떨어진 자리에서 썩어갔다. 아름다운 마을이었다. 살구꽃이 흐드러지게 필 무렵엔 자운영과 오랑캐꽃이 들판과 둔덕을 뒤덮었다. 자운영은 고루 질펀하게 피고, 오랑캐꽃은 소복소복 무리를 지어가며 다문다문 피었다. 살구가 흙에 스며 거름이 될 무렵엔 분분히 지는 찔레꽃이 외진 길을 달밤처럼 숨가쁘고 그윽하게 만들었다.

이렇게 예쁜 연애 이야기로 시작한 소설은 일제의 만행을 고발하면서 격정적으로 치닫는다. 두 사람이 결혼 적령기에 접어들 무렵, 만득이가 일제의 징병에 끌려가고 만 것이다. 그런데 곱단이가 만득이를 기다리는 동안 일제가 과년한 딸들을 정신대로 끌고 간다는 흉흉한 소문이 돈다. 다급해진 곱단이의 부모님은 곱단이를 신의주에 사는 중년 남자의 재취 자리로 보낸다.

해방 후 돌아온 만득이는 같은 마을의 순애와 결혼해 동네를 떠난다. 이후 남북 분단으로 만득이와 곱단이는 영영 만날 수 없었다. 세월이 흘러 만득이는 중국 단체 관광을 간다. 그곳에서 압록강 유람선을 탄 그는 신의주를 바라보면서 통곡한다.

"비록 곱단이의 얼굴은 생각나지 않지만 나는 지금도 생
생하게 느낄 수 있어요. 곱단이가 딴 데로 시집가면서 느
꼈을 분하고 억울하고 절망적인 심정을요. (…) 나는 정
신대 할머니들처럼 직접 당한 사람들의 원한에다 그걸 면
한 사람들의 한까지 보태고 싶었어요. 삼천리강산 방방곡
곡에서 사랑의 기쁨, 그 향기로운 숨결을 모조리 질식시
켜버리니 그 천인공노할 범죄를 잊어버린다면 우리는 사
람도 아니죠."

박완서의 작품에서 꽈리가 연인을 지키는 '꼬마 파수
꾼의 초롱불'이었다면, 이미륵의 자전소설『압록강은 흐
른다』에서는 수억만 리 이국땅으로 유학 간 주인공이 고
향에 대한 그리움을 자극하는 소재로 꽈리가 등장한다.
이 소설은 나라가 망해가는 20세기 초반을 배경으로
작가의 어린 시절과 학창 시절, 그리고 독일로 유학을 떠
나 도착하기까지 과정을 그린다. 문체는 간결하고 유려
하지만 강한 여운을 남긴다. 특히 한 인간이 역사적 사건
들을 경험하며 성숙해가는 과정이 한 폭의 수묵화처럼

그려져 있다.

'이미륵'은 작가의 필명이자 아명으로 본명은 이의경이다. 그는 1899년 황해도 해주에서 태어나 해주보통학교를 졸업하고 경성의학전문학교에서 의학을 공부했다. 이후 소설의 내용처럼 1919년 3·1운동에 가담했다가 일본 경찰을 피해 1920년 독일로 유학을 갔다. 소설 마지막 부분에 주인공이 고향에서 편지가 왔는지 확인하러 우체국에 갔다가 빈손으로 돌아오는 길에 꽈리를 발견하는 장면이 있다.

언젠가 우체국에서 집으로 돌아오는 길에 나는 알지 못하는 집 앞에 섰다.

그 집 정원에는 한 포기 꽈리가 서 있었고 그 열매는 햇빛에 빛났다. 우리 집 뒷마당에서 그처럼 많이 봤고, 또 어릴 때 즐겨 갖고 놀았던 이 열매를 내가 얼마나 좋아하였던지. 나에겐 마치 고향의 일부분이 내 앞에 현실적으로 놓여 있는 것 같았다. 내가 오랫동안 생각에 잠겨 있는데 그 집에서 어떤 부인이 나오더니 왜 그렇게 서 있는지 물었다. 나는 가능한 한 나의 소년 시절을 상세히 이야기했다. 그 부인은 꽈리를 한 가지 꺾어서 나에게 주었다. 나

6-7월에 하얗고 작은 꽈리꽃이 핀다. 마을에 저절로 자라기도 하고
마당에 관상용으로 기르기도 한다.

는 얼마나 고마웠는지 모른다.

향수를 불러일으키는 꽈리

꽈리는 가지과에 속하는 여러해살이풀로 꽃은 노란색
을 띤 흰색이다. 가을이면 부푼 오렌지색 껍질 속에서 꽃
보다 더 예쁜 열매가 열린다. 껍질은 꽃받침이 점점 자라
면서 형성되는데 풍선 모양으로 열매를 감싸는 특이한
형태다.

열매는 지름이 1.5센티미터 정도로 빨갛게 익으면 먹
을 수 있다. 이 열매는 옛날에 어린이들의 좋은 놀잇감이

꽈리 열매는 풍선 모양 껍질이 열매를 감싸는 특이한 형태다.

었다. 잘 익은 꽈리 열매를 손으로 주물러 말랑말랑하게 만든 다음 바늘이나 성냥개비로 꼭지를 찔러서 속에 가 득 찬 씨를 뽑아낸다. 속이 빈 꽈리 열매에 바람을 불어 넣어 입에 넣고는 혀와 이와 잇몸으로 가볍게 누른다. 그 러면 '꽈르르 꽈르르' 소리가 난다. 많이 불면 보조개가 생긴다고 해서 극성스럽게 꽈리를 부는 아가씨들도 있었 다. 그러나 어찌 들으면 마치 뱀이 개구리를 잡아먹을 때 나는 소리와 비슷했다. 그래서 어른들은 꽈리를 불면 뱀 이 나온다고 집에서는 못 불게 했다.

　예전에는 군이 찾을 필요도 없이 꽈리가 뒤뜰에 널려

있었다. 그런데 이 글을 쓰면서 꽈리 사진을 찍으려 하니 쉽게 눈에 띄지 않았다. 고향 집 주변은 물론 재배하는 곳도 찾기 힘들었다. 어쩌다 보긴 해도 사진에 담을 만큼 깔끔한 꽈리를 찾기가 쉽지 않았다.

2012년 10월 취재차 독일 라이프치히에 갔을 때 성 토마스 교회 정원에서 오렌지색으로 잘 익은 꽈리를 발견하는 기쁨을 맛보았다. 이 교회는 바흐가 1723년부터 1750년까지 27년 동안 오르가니스트 겸 지휘자로 활동한 곳이다. 그 후 곳곳에서 꽈리를 보긴 했지만 라이프치히에서 본 꽈리처럼 큰 감동을 받지는 못했다.

박완서의 고향은 개풍군 박적골로, 이미륵의 고향 해주와 멀지 않다. 둘 다 고향을 배경으로 한 글에 꽈리에 얽힌 이야기를 담았는데 우연인 것 같지는 않다. 꽈리는 두 작가에게 고향에 대한 향수를 불러일으키는 매개체가 아니었을까.

용기 있는 여성의 삶을 담다

눈독 들면 피지 않는 꽃

『그대 아직도 꿈꾸고 있는가』| 분꽃

유년의 꽃

박완서 작가는 2002년 한 독자모임에서 "무슨 꽃을 좋아하느냐"는 질문을 받고 분꽃이라고 대답했다. 그 많은 꽃 가운데 왜 분꽃을 가장 좋아하는지 궁금했지만 더 이상의 설명은 없었고, 이제 작가에게 물어볼 수도 없다.

다만 작가가 분꽃에 친근감을 느끼며 이 꽃을 특별히 여긴 것은 확실하다. 산문집 『두부』에서 작가는 구리 노란집으로 이사한 해 늦은 봄, 심지도 않았는데 분꽃이 여봐란 듯이 모습을 드러냈다고 반가워했다. 그러면서 "내 아득한 유년기에서부터 나를 따라다니다가 이제야 겨우 현신現身할 자리를 얻은 것처럼 느껴져 반갑기도 하고 측은하기도 했다"며 "오랜 세월 잊고 지냈지만 분꽃은 나하고 가장 친하던 내 유년의 꽃"이라고 했다.

분꽃은 6월부터 피기 시작해 9월까지 한여름 내내 볼 수 있는 꽃이다. '분꽃'이라는 이름은 화장품을 구하기 어려웠던 시절 여인들이 씨 안에 있는 하얀 가루를 얼굴에 바르는 분처럼 썼다고 해서 붙여진 이름이다.

박완서 소설 『그대 아직도 꿈꾸고 있는가』에 분꽃이 등장한다. 이 소설은 이혼녀 문경이 상처喪妻한 대학 동창 혁주를 만나 사랑하다가 헤어져 싱글맘으로 겪는 이야기다. 문경은 혁주가 자신과 당연히 결혼할 거라고 생각했지만 혁주는 조건이 더 좋은 여자가 나타나자 자신의 아이를 임신한 문경을 버린다. 둘이 헤어지는 과정에서 혁주라는 남자와 그 어머니가 얼마나 치졸한지, 그런 상황에서 여성이 얼마나 불리한지를 보여준다.

문경은 주변 시선 때문에 학교 교사직을 그만둘 수밖에 없었다. 문경은 남자아이를 낳았다. 음식점을 차려 나름 안정을 찾아갈 즈음, 혁주와 그의 어머니가 찾아온다. 혁주의 아내가 자식을 낳을 수 없다는 것을 알고 문경의 아이를 데려가려고 온 것이다. 혁주의 아내도 문경의 아이를 눈독 들이며 바라보는 대목에 분꽃이 나온다.

큰엄마가 이렇게 푸념하면서 서로 뒤엉킨 모자를 노려보

분꽃은 오후 4~5시쯤부터 붉은색·노란색·분홍색·흰색 등 다양한 색으로 핀다.

있다. 어떻게든 빼앗아 가지고 싶은 호시탐탐한 눈빛이었다. 문경이는 큰엄마의 그런 눈빛에 전율하면서 아이의 몸과 마음이 그동안 황폐해진 건 저 눈독 때문이라고 생각했다.

그 여자가 어렸을 적 저녁나절이면 한꺼번에 피어나는 분꽃이 신기해서 어떻게 오므렸던 게 벌어지나 그 신비를 잡으려고 꽃봉오리 하나를 지목해서 지키고 있으면 딴 꽃은 다 피는데 지키고 있는 꽃만 안 필 적이 있었다. 그러면 어머니는 웃으며 말했었다.

"그건 꽃을 예뻐하는 게 아니란다. 눈독이지. 꽃은 눈독

손독을 싫어하니까 네가 꽃을 정말 예뻐하려거든 잠시 눈을 떼고 딴 데를 보렴."

어머니 말대로 했더니 신기하게도 그동안에 꽃이 활짝 벌어졌던 기억이 왜 그렇게 생생한지….

자신이 아이를 낳을 수 없다는 사실과 남편에게 혼외 아들이 있다는 사실을 안 혁주의 아내가 아이에게 눈독을 들이는 장면을 이렇게 표현한 것이다. 이처럼 인물의 심리를 꽃에 비유해 그 상황을 적확하고 생생하게 그려내는 것이 박완서 작가의 특기 중 하나인 것 같다.

박완서의 산문집『노란집』에서도 이 대목과 비슷한 자신의 어릴 때 일화를 소개한다. 그녀는 "사람도 너무 눈독이나 손독이 들면 아무리 좋은 자질을 가지고 태어나도 제대로 꽃피기 어렵다는 생각을 요즘 종종 한다"고 했다. 그러면서 "나 자신의 성장과정을 돌이켜보아도 내적인 중요한 변화나 정신의 성장은 어느 틈에 일어나는 것이지 계획적으로 되는 것도, 지속적인 간섭으로도 되는 것이 아니다"고 썼다. "어느 틈에 자랄 수 있는 돌파구랄까, 자유로운 통로를 마련해주는 것도 교육"이라는 것이다.

박완서는 1996-98년 가톨릭『서울주보』에 실었던 에

세이를 모은 책『옳고도 아름다운 당신』에서도 분꽃과 관련한 일화를 소개했다. 여기서 분꽃은 '보이지 않는 힘'을 드러내는 매개체다.

나는 내 눈으로 한번 똑똑히 분꽃이 피는 모습을 지켜보고 싶었습니다. 갑자기 봉오리가 활짝 벌어질 줄 알았는데 지키고 앉았으니까 왜 그렇게 안 벌어지는지요. 나는 기다리다 기다리다 지쳐서 약간 느슨해진 꽃봉오리를 손으로 펴려고 했습니다. 잘 안되더군요. 인내심이 부족한 나는 기다리다 지쳐서 잠깐 자리를 떴다 와보니 분꽃은 용용 죽겠지, 하는 얼굴로 활짝 피어 있었습니다. 그런데 글쎄 내가 억지로 펴려 했던 꽃봉오리만이 피지 못하고 축 늘어져 있지 뭡니까. 어른들한테 일렀더니 손독이 올랐다고 하더군요. 내 어린 손도 독이 되는데 어떤 인자함이 꽃을 피웠을까? 그건 보이지 않는 힘에 대한 내 최초의 경이였습니다.

『그대 아직도 꿈꾸고 있는가』는 1989년『여성신문』에 연재한 작품이다. 여성의 입장에서 가부장적 전횡을 파헤치는 작가의 역량이 등장인물의 생생한 모습에 녹아 있다. 특히 사회 깊숙한 곳에 있던 여성들의 불만을 법적 제도와 엮어 효과적으로 그렸다는 평가를 받으며 1990년 베스트셀러 2위에 올랐다. 그 인기를 바탕으로 1990년 KBS 이효춘·정동환 주연, 2003년 MBC 배종옥·조민기 주연에서 이 소설을 각각 드라마로 제작해 방영했다.

박완서는 1990년 『문예중앙』 인터뷰에서 "가정법원 조정위원으로 있었던 몇 년간의 경험을 살려 사례별로 써보고자 했다"며 "다른 장편에 비해 품은 덜 들었는데 베스트셀러로 부상한 것은 재미있게 읽을 수 있기 때문인 것 같다"고 말했다. 그러나 "이 작품 역시 페미니즘 소설에 속하는 것"이라는 말에 박완서는 "사람들이 저를 페미니즘 소설가로 불러주는 것은 어쩔 수 없지만 앞으로 꼭 페미니즘과 관련된 문제만을 다룰 생각은 없다"고 선을 그었다. 그러면서 "여성 문제를 소설화한 데에는 어떤 직접적인 동기가 있다기보다 그동안 내가 여성으로서 보고 듣고 체험한 내용 자체가 자연스럽게 소설로 이야기되었다고 보는 것이 타당하다"고 했다.*

* 『박완서의 말』, 마음산책, 2018에서 인용.

해질 녘에 피는 꽃

이 소설에 나오는 분꽃은 재미있는 특징이 많다. 마당에 분꽃이 피어 있다면 해질 녘이 분명하다. 왜냐하면 분꽃은 해가 뜨면 꽃잎을 오므렸다가 오후 4-5시쯤부터 다시 피기 때문이다. 그래서 영어 이름이 '4시 꽃'Four o'clock flower이다. 시계가 없던 옛날에 우리 어머니들은 분꽃이 피는 것을 보고 저녁밥을 준비하기 시작했다고 한다. 아침에 피었다가 저녁에 지는 나팔꽃과는 정반대다.

분꽃의 색깔은 붉은색, 노란색, 분홍색, 흰색 등 다양하다. 한번은 이중 노란색이 제일 예쁜 것 같아 노란색 분꽃 씨를 심어보았다. 그런데 다음 해 기대와 달리 붉은색 꽃 위주로 피어 실망한 적이 있다. 원래 분꽃 색깔의 유전은 멘델의 법칙 중 중간유전불완전 우성 적용을 받는다. 하지만 우리 주변의 분꽃은 여러 색깔 유전자가 섞이면서 한 그루에서 붉은색, 노란색 꽃잎이 나오기도 하고, 심지어 두 가지 색깔이 같이 있는 꽃잎, 두 색이 점점이 섞인 꽃잎까지 나온다.

가을에는 분꽃 아래에 검은 환약같이 생긴 씨앗이 많이 떨어져 있는 것을 볼 수 있다. 이 열매를 가져다 심으면 다음 해 봄 십중팔구 싹이 날 것이다. 분꽃은 발아율

분꽃 씨앗. 분꽃은 옛 여인들이 씨 안에 있는 하얀 가루를 분처럼 썼다고 해서
붙은 이름이다.

이 아주 높고 척박한 환경에서도 잘 자라 가꾸기 쉬운 꽃
이기 때문이다. 가을에 분꽃 씨앗이 보이면 주머니에 넣
고 다니다 사람들에게 심어보라고 주기도 했다. 싹이 트
면 처음엔 콩팥 모양으로 쌍떡잎이 생긴 다음, 달걀 모양
으로 끝이 뾰족한 잎들이 나오기 시작하는 것을 볼 수 있
다. 산에서는 운이 좋으면 꽃송이들이 분꽃처럼 생긴 분
꽃나무를 볼 수 있다. 연분홍색과 맑은 꽃향기가 참 좋은
나무다.

분꽃은 남미 원산의 원예종 꽃이다. 어릴 때 화단이나
장독대 옆에는 맨드라미, 채송화, 봉선화, 나팔꽃과 함께

분꽃 한두 그루가 자라는 경우가 많았다. 토종 꽃은 아니지만 우리에게 많은 추억을 준 꽃이다. 고향 여자아이들은 분꽃 아랫부분을 쭉 빼서 귀걸이를 만들었다. 최경 국립수목원 박사는 "분꽃은 17세기 전후 국내에 들어온 것으로 추정하고 있다"고 말했다. 400여 년 동안 우리와 함께해온 꽃이지만, 요즘엔 마당이 줄어서인지 전처럼 흔히 볼 수 없다. 분꽃은 그대로인데 분꽃을 볼 만한 여유가 없기 때문인지도 모르겠다.

최은영의 중편 『쇼코의 미소』에서도 분꽃이 인상적으로 나온다. 소설은 소유와 쇼코라는 한국과 일본의 두 여고생이 편지를 주고받으며 어른으로 성장해가는 이야기다. 두 여성은 여고 시절 학교가 자매결연을 맺은 인연으로 만나 대학, 취업 시기까지 삶의 굴곡과 고민을 나눈다. 두 사람은 할아버지와 같이 사는 공통점도 있다. 이 소설에서 긴장이 최고조에 이르는 곳은 소유가 우울증에 걸린 쇼코를 일본으로 찾아가 만나는 장면이다.

그곳에는 분꽃을 심어놓은 작은 마당과 반질반질한 나무마루가 있었다. 쇼코는 퓨즈가 나간 것 같았다. (…) 쇼코는 두 손으로 마루를 짚고 내 옆으로 다가왔다. 나는 쇼코

산에서 볼 수 있는 분꽃나무. 꽃송이들이 분꽃처럼 생겼다. 연분홍색과
맑은 꽃향기가 참 좋다.

를 쳐다보지 않고 마당에 핀 분꽃에만 시선을 줬다.(…)
쇼코는 노인에게 손가락질을 하며 영어로 조그맣게 말했
다. "빌어먹을 새끼." 나는 쇼코의 말에 놀라서 노인의 얼
굴을 쳐다봤다. 노인은 눈에 도는 눈물을 감추려는 듯 고
개를 돌려 분꽃을 보는 척했다.

이 소설에 분꽃이 여러 번 나오는 것으로 보아 작가가
의도적으로 배치한 것은 틀림없다. 시든 분꽃이 꿈을 내
려놓고 현실적인 선택을 해야 하는 두 청춘의 심경을 보

여주는 것은 아닌지 생각해보았다.

젊은 작가의 소설에서 꽃을 발견하는 것만으로도 내게는 반가운 일이었다. 젊은 사람들은 자신들이 꽃이라서 그런지 꽃에 대한 관심이 덜하다. 이건 젊은 작가들도 마찬가지다. 최은영은 요즘 주목받는 젊은 작가다. 『쇼코의 미소』는 담담한 필체로 쓴 이야기가 감동적이었다. 특별한 사건이 생기지 않는 데도 다음 일이 궁금해 한 번에 다 읽을 수밖에 없었다. 나는 이 소설의 바탕에 깔린 청년 실업, 고령 사회 등에 관심이 가기도 했다. 의도적으로라도 꽃에 관심을 갖는 젊은 작가가 많아졌으면 좋겠다.

40년 전에 쓴 『82년생 김지영』

『서 있는 여자』 | 노란 장미

새로운 삶을 꿈꾸는 모녀

이 책을 준비하기 전까지 박완서 소설 가운데 『서 있는 여자』라는 작품이 있는 줄 몰랐다. 그런데 박완서 관련 평론이나 대담집을 읽다 보니 이 소설이 자주 언급되었다. 특히 많은 여성이 이 소설을 "80년대 판 『82년생 김지영』"이라고 해서 흥미를 갖기 시작했다.

『서 있는 여자』는 박완서가 1982-83년 『주부생활』에 「떠도는 결혼」이라는 제목으로 연재한 소설이다.

앞으로 결혼생활에 있어서 자기와 나는 절대적으로 동등하기, 알았지?

약혼식 후 연지가 철민에게 한 말이다. 그러나 이렇게

시작한 연지의 결혼생활에 불행이 싹튼다. 연지가 "결혼이라는 걸 같이 있고 싶은 남녀가 마침내 같이 자고 싶을 때 하는 것이라고 극단적으로 단순화시켜 생각"한 것이 잘못이었다.

두 사람은 한 명은 일해서 돈을 벌고 한 명은 대학원 공부를 하면서 집안 살림을 맡기로 약속한다. 우선 철민이 공부를 하고 연지가 잡지사 기자로 일하는데 두 사람 사이에는 하나둘 갈등이 쌓여간다. 철민은 묵묵히 설거지 등 집안 살림을 하는 것 같지만 일부러 주말마다 친구들을 불러들인다. 연지가 남의 이목을 생각해 손님이 오면 별수 없이 앞치마를 두르고 음식 장만을 도맡기 때문이다.

첫 번째 위기는 낙태였다. 철민은 아기가 생기면 둘이 약속한 것들이 수포로 돌아간다는 걸 알면서도 아기를 기다린다. 실수로 아기가 생기자 연지는 철민과 의논하지 않고 중절 수술을 한다. 얼마 후 철민은 남들 보기에 체면이 안 서고 "완전한 남자로서의 물적 증거"를 찾고 싶다면서 연지에게 아기를 갖자고 말한다.

당신이 낳기 싫으면 안 낳아도 그만이야. 이건 어디까지나 나의 능력 테스트니까.

연지는 그 말을 듣고 "그 문제라면 안심하라"며 중절수술을 했다고 사실대로 이야기한다. 그러자 철민은 연지를 폭행하고 일을 그만두라면서 연지의 중요한 원고마저 찢어버린다.

연지의 친정 부모가 이혼을 말려 잠시 유지한 결혼생활은 철민의 외도로 끝이 난다. 연지는 이 결혼이 어디서부터 잘못된 것인지 고민하다 답을 얻는다.

나의 실패의 원인은 바로 남녀평등이라는 거였어. 나는 한 남자를 사랑하기보다는 바로 남녀평등이란 걸 더 사랑했거든. 남녀평등에만 급급한 나머지 사랑까지도 생략하고 남자를 골라잡았던 거야. 그를 남편으로 골라잡은 건 사랑 때문도 존경 때문도 조건 때문도 아니고 바로 그가 모든 면에서 나보다 못하다는 거였어. (…) 그걸 이용해 거저먹기로 남녀평등을 이룩해보려 했던 거야. 실력이나 인격으로 자기보다 못해 보이는 남자를 일부러 골라잡아서 평등한 부부관계를 이룩해보려고 마음먹은 거야말로 잘못의 시작이었어.

연지의 어머니 경숙은 연지와는 반대로 전통적인 여성관에 매여 있다. 그래서 어머니와 딸의 선택은 정반대였다. 어머니 경숙은 대학 교수로 학문에 빠져 자신을 소홀히 대하는 남편에게 이혼하자고 어깃장을 놓는다.

> 그래요, 난 일부종사 못 했어요. 하고 싶어도 남편이 하나를 줘야 하죠. 당신이 한 번이라도 나에게 당신의 하나를 다 준 적이 있어요? (…) 백분의 일쯤이 얼추 들어맞을 거예요.

경숙은 먼저 이혼한 친구들의 생활에서 새로운 가능성을 찾기 위해 '이혼 순례'를 떠난다. 여기서 석류나무는 경숙이 이혼 뒤에 꿈꾸는 새로운 가능성으로 등장한다. 여고 동창인 닥터 박은 경숙의 남편 하석태가 기르는 석류나무가 작다고 비웃으며 자기 집에는 그보다 훨씬 무성한 석류나무가 있다고 한다. 하지만 닥터 박의 집 석류나무는 그녀의 이야기와 사뭇 달랐다. 경숙은 "석류나무 거목에 걸었던 동화적 기대가 까닭 없이 무너지는 서운한 기분을 맛"본다. 경숙은 돈과 직업은 있지만 불안정하고 고독하게 사는 친구 모습에 실망하지 않을 수 없다.

석류나무꽃은 5-7월 가지 끝에서 1-5개씩 모여 붉은색으로 핀다.
석류나무의 원산지는 이란이다.

두 번째 순례지인 은선네 집은 깔끔하지만 자식과 관계가 삐걱거리고 내연남과 관계도 좋게 보이지 않는다. 경숙은 이혼녀들의 이 같은 모습에 실망해 남편 없이는 잘 살지 못하겠다는 결론을 내린다.

어머니 경숙과 다르게 연지는 이혼의 아픔을 딛고 기자로서 생계형 글쓰기가 아닌 자기만의 글을 써보겠다는 부푼 꿈을 안고 새로운 삶을 시작한다. 연지는 노란 장미를 보면서 삶의 희망을 키운다.

그녀는 불을 켤까 하다가 먼저 노란 장미를 항아리에 꽂

앗다. 그걸 방바닥에서 책을 읽거나 글을 쓸 때 쓰는 밥상 위에 올려놓았다. 그리고 그 노란 장미가 등불이라도 되는 것처럼 한동안 불을 안 켜고도 불편 없이 파를 다듬고, 쌀을 씻고, 옷을 갈아입고, 벗은 양말과 속옷을 세탁기에 처넣었다. 그녀는 예쁘고 단정한 옷으로 갈아입고 오렌지 주스를 한 잔 따라서 쟁반에 받쳐 들고 장미 옆에 앉았다. 오렌지 주스는 차갑고 새큼한 듯 떫은 듯 감미로웠다. (…) 그녀는 정교한 모습으로 입을 다물고 있는 장미 송이에 코를 댔다. 아름다운 이의 옷깃에 향수를 한 방울 살짝 뿌렸을 때처럼, 그녀는 그녀만의 정적과 고독에 한 다발의 노란 장미를 더한 것을 행복하게 생각했다. 행복감이 미주美酒처럼 그녀의 피돌기를 훈훈하고 활발하게 했다.

이 문장을 읽으면 마치 작가가 자신이 창조한 연지라는 인물의 새로운 출발을 노란 장미로 축하해주는 것 같다. 소설에도 나오듯이 다른 색보다는 좀더 희귀한 노란 장미로 말이다. 작가는 이처럼 석류나무와 노란 장미를 대비시키면서 결혼생활과 이혼 문제에 대해 생각해보게 한다.

늦어도 삼국시대쯤 우리나라에 들어온 것으로 추정하는 장미는
품종에 따라 형태와 모양, 색이 매우 다양하다.

　이 소설을 읽은 많은 여성이 조남주의 베스트셀러
『82년생 김지영』을 언급한다. 결혼 4년차라는 여성은 블
로그에 "이 소설이 1980년대 초반에 나왔으니 벌써 40년
가까이 흘렀지만 연지의 모습이 『82년생 김지영』의 김
지영과 크게 다르지 않아 씁쓸한 마음이 앞선다"고 했다.
또 다른 여성은 "연지는 지금까지 읽은 박완서 소설 속
여주인공 가운데 가장 멋진 여자"라고 했다.
　소설 속 아버지 하석태 교수와 철민도 어떻게 보면 피
해자가 아니냐는 의견도 있었다. 자신만의 세계에 갇혀

외로운 줄도 모르는 하석태와 가부장 역할을 의무적으로 수행해야 한다고 믿는 철민도 허울뿐인 '가장의 권위'를 지키기 위해 애쓰는 피해자라는 것이다.

박완서가 말하는 이 소설을 쓴 의도는 예상과는 조금 달랐다. 여성학자 오한숙희는 『박완서의 말』에서 "내가 속한 모임에서 작가를 초대해 『서 있는 여자』에서 궁극적으로 말하고자 했던 것을 질문하자 작가는 '말로써 쉽게 남녀평등을 이룰 수 있다고 믿는 젊은 여자들, 만만한 남자를 만나서 쉽게 평등을 이루려는 약은 여자들이 빠질 수 있는 함정을 보여주고자 했다'고 말해 큰 충격을 받았다"고 했다. 이희경은 『박완서를 읽다』에서 "이 소설이 구성이나 인물 설정 등에 있어서 밀도가 떨어지고 억지스러운 것이 사실"이라며 "결과적으로 작가가 의도한 주제의식을 명확하게 드러내지 못한 아쉬움이 남는다"고 평하기도 했다.

전 세계 사람들이 사랑하는 꽃

장미는 전 세계 사람들이 좋아하고 가꾸는 꽃이다. 그래서 아주 오랜 세월에 걸쳐 수많은 사람이 온갖 품종을 만들었다. 장미는 전 세계적으로 1만 종 이상의 품종

찔레꽃은 산기슭 양지바른 곳에서 흔히 볼 수 있다. 찔레꽃은 대부분 흰색이다.

이 있고, 해마다 200종 이상의 새 품종이 개발되고 있다. 영국, 룩셈부르크, 루마니아, 불가리아의 국화國花이기도 하다.

품종에 따라 차이가 크지만, 우리나라에서는 5월 중순부터 9월까지 장미꽃을 볼 수 있다.『삼국사기』에 장미에 관한 기록이 있기 때문에 우리나라에는 적어도 삼국시대에 들어온 것으로 추정하고 있다.

장미는 우리나라 사람이 가장 좋아하는 꽃이기도 하다. 2014년 한국갤럽 조사에서 우리나라 국민 30퍼센트가 가장 좋아하는 꽃으로 장미를 꼽았다. 20년 넘게 부동

태안반도 한 해변에서 핀 해당화. 해당화는 산기슭에도 피지만
바닷가 모래밭에서 꽃 필 때 더 운치 있다.

의 1위 자리를 지킨 것이다. 2위는 국화11퍼센트, 3위는 코
스모스8퍼센트였다.

　우리나라에서 저절로 자라는 식물 가운데 해당화와 찔
레꽃이 장미의 할아버지뻘 되는 식물들이다. 하나같이
꽃이 아름답고 향기가 진하다. 찔레꽃은 주로 산기슭 양
지바른 곳에서 만날 수 있다. 지름 2센티미터 남짓의 하
얀 꽃잎이 다섯 장 있고, 꽃송이 가운데 노란색 꽃술이
촘촘하게 달려 있다. 찔레꽃은 대부분 흰색인데, 2013년
국립생물자원관은 남해안의 한 섬에서 연분홍색 신종 찔

레꽃을 발견하고, '섬색시꽃'이라는 이름을 붙였다. 분홍색이 살짝 들어간 찔레꽃은 비교적 흔하게 볼 수 있다.

해당화는 진한 분홍색 꽃잎에 노란 꽃술이 아름다운 꽃이다. 산기슭에도 피지만, 바닷가 모래밭에서 자라는 경우가 많다. 요즈음에는 화단이나 공원에서도 쉽게 볼 수 있다. 탐스러운 주홍빛 해당화 열매도 좋은 볼거리다.

남부지방 해안이나 산기슭에서는 땅이나 바위를 타고 오르며 자라는 돌가시나무^{땅찔레}를 볼 수 있다. '돌가시나무'는 돌밭에 사는 가시나무라는 뜻이다. 흰꽃이 피는 것이 찔레와 비슷하지만 포복성으로 땅을 기며 자라는 것이 다르고, 꽃도 지름 4센티미터 정도로 찔레꽃보다 크다.

모성애로 구원한 세상

「그 살벌했던 날의 할미꽃」| 할미꽃

여자들만 남은 마을

「그 살벌했던 날의 할미꽃」은 박완서가 1977년 발표한 단편소설이다. 그런데 특이하게도 1990년대 이후 '페미니즘 소설'로 다시 주목받았다. 작가가 20년쯤 시대를 앞서 작품을 쓴 셈이다.

이 소설에는 친구에게 들었다는 두 노파 이야기가 나온다. 하나는 한국전쟁 중 여자들만 사는 마을에 미군이 찾아와서 색시를 찾아다니는 상황에 양색시 노릇을 자처한 노파이고, 다른 하나는 전쟁터에서 숫총각은 죽는다는 기묘한 풍문에 불안해하는 군인과 관계를 맺은 노파다.

첫 번째 이야기의 배경은 여자들만 남은 마을이다. 남자들은 국군에 지원하거나 인민군으로 끌려갔고, 남쪽으로 피난 가거나 북쪽으로 끌려가기도 했다. 결국 이 마을에는 여자들만 남았다. 마을에 진주한 미군은 삼삼오오 떼를 지어 집집마다 기웃대며 여자들에게 "색시 해브 예스?"라고 물어본다. 미군들은 직업적인 양색시를 찾는 것이다.

여자들은 두려움을 견딜 수 없어 마을에서 제일 큰 집으로 모여들었다. 이때 마을에서 제일 웃어른뻘인 노파가 나선다. 젊은 여자들 대신 자신이 희생하기로 한 것이다. 노파는 다행히 미군들에게 몸을 더럽히지 않고 오히려 식량까지 얻어 돌아온다.

두 번째 이야기는 한 젊은 병사가 나이 든 여인과 잠자리를 갖는 내용이다. 총각 딱지를 떼지 못하고 전투에 나가면 전사자가 된다는 풍문이 돌아 김 일병은 불안하다. 적의 총알은 숫총각을 좋아한다는 거였다. 김 일병은 입대 전 숫총각을 면할 기회가 있었다. 그러나 자기가 죽을 경우 자신의 연인을 조금이라도 덜 불행하게 하려고 불같이 달아오른 연인을 일으켜 그냥 집으로 들여보냈다. 김 일병은 인근 마을에서 비교적 정정한 노파를 만나 이야기를 했고, 노파의 제안으로 숫총각 딱지를 뗀다. 하지만 그는 "뭔가 당한 것 같은 억울함"과 노파의 욕망에 대한 혐오감을 느꼈다. 제대하고 돌아오니 김 일병의 연인은 멀리 시집을 가버렸고 그는 방탕한 생활을 한다. 세월이 흘러 그는 그런 욕망은 자연스러운 것이고 노파의 행위야말로 무의식적인 휴머니즘이 아닐까 생각한다.

지금도 시골에 가면 차들은 뻔질나게 다니는데 포장은 안 된 황톳길이 있다. 그런 길가에서 허구한 날 먼지를 뒤집어써서 마치 도시의 삼류 왜식집 베란다에 장식한 퇴색한 비닐 모조품 꼴이 돼버린 풀 섶에서 문득 찢어지게 선명한 빛깔로 갓 피어난 들꽃을 본 사람이 있는가. 있다면 알 것이다. 기가 차고 민망한 대로 차마 그게 꽃이 아니라곤 못 할 난감하고 지겨운 심정을. 그런 심정이 되어 그들 노파를 여자라고 부를 수밖에 없다.
성적인 의미의 여자라도 좋고 (…) 아기들이 이 세상에 태어나서 제일 먼저 얼굴과 호칭을 익히는 엄마로서의 여자라도 좋다. 아무튼 그 노파들은 여자였다고, 죽는 날까지 여자임을 못 면했었다고 말해주고 싶다.

박완서는 소설 안에서는 할미꽃을 거론하지 않고 제목에 할미꽃을 넣는 방식을 택했다. 그렇더라도 두 노파를

할미꽃은 양지바른 야산 자락, 특히 묘지 근처에서 볼 수 있다. 손녀의 집을 눈앞에 두고
쓰러져 죽은 할머니의 넋이 산골짜기에 핀 꽃이라는 전설이 있다.

할미꽃에 비유했음은 의심할 여지가 없다. 박완서의 다른 소설「오동의 숨은 소리여」에서도 소설 속에서는 오동나무가 등장하지 않지만 제목에 '오동'梧桐을 넣은 것과 마찬가지다.

박완서가 1977년에 발표한「그 살벌했던 날의 할미꽃」은 20년 후인 1997년 여성 작가들이 발표한 페미니즘 소설 11편을 묶은 소설집에 표제작으로 실렸다. 이 소설집에는 오정희의「옛 우물」, 신경숙의「감자 먹는 사람들」, 김형경의「민둥산에서의 하룻밤」등이 함께 실렸다. 이 책을 펴낸 문학평론가 하응백은「그 살벌했던 날의 할미꽃」에 대해 "전쟁에서 여성 특유의 모성애가 어떻게 공동체를 구원할 수 있는가를 물은 소설"이라며 "페미니즘은 남녀 간 대결이나 헤게모니 쟁탈전이 아니라 모성성의 평화적 확대"라는 의견을 내놓았다. 하지만 박완서는 여러 인터뷰에서 "사람들이 저를 페미니즘 소설가로 불러주는 것은 어쩔 수 없지만, 저는 이념이 먼저인 작가는 아니다. 억지로 무슨 주의를 붙이자면 난 그냥 자유민주주의자"라며 "여성도 기본적으로 인간적인 대우를 받아야 하고 차별을 받지 않아야 한다는 입장이지 어떤 굉장한 이론을 갖고 있는 것이 아니다"라고 말했다.

하늘을 향해 피는 동강할미꽃

할미꽃은 이름부터 정답다. 박완서도 할미꽃을 좋아한 모양이다. 그녀는 구리 아치울마을 노란집에 대한 글을 쓸 때마다 "우리 마당에 있는 나무와 꽃이 백 가지가 넘는다"고 자랑하면서 꽃 목록에 할미꽃을 빼먹지 않았다. "제비꽃이나 할미꽃, 구절초처럼 심은 바 없이 절로 번식하는 들꽃까지도 계산에 넣긴 했지만" 하는 식이다.

할미꽃은 미나리아재비과에 속하는 여러해살이풀이다. 우리나라 전역에서 볕이 잘 드는 야산 자락, 특히 묘

할미꽃 열매. 흰 털로 덮인 열매의 덩어리가 마치 머리가 하얗게 센 할머니의 머리카락 같아 할미꽃이라는 이름이 붙었다.

지 근처에서 볼 수 있다. 키는 한 뼘쯤 자라지만 뿌리는 아주 굵고 깊다. 고개 숙인 꽃송이를 보면, 꽃잎은 검붉은 색이고 그 안에 샛노란 수술들이 박혀 있다. 일제강점기 사학자이자 언론인 문일평은 『화하만필』花下漫筆*에서 "첫 봄 잔디밭에 풀이 파릇파릇 새 생명의 환희를 속삭일 때, 나면서부터 등이 굽은 할미꽃은 벌써 그 입술에 붉은 웃음이 터지려 하는 것을 볼 수 있다"고 했다. 다섯 장으로 갈라진 잎도 개성 만점이다. 줄기와 잎은 물론 꽃잎

* 정민, 『꽃밭 속의 생각』으로 풀어씀.

뒤쪽까지 솜털이 가득 돋아나 더욱 매력적이다.

'할미꽃'은 꽃이 지고 열매가 익으면 그 열매에 흰 털이 가득 달려 마치 하얗게 센 노인 머리와 같다고 붙여진 이름이다. 그래서 할미꽃의 한자 이름은 백두옹白頭翁이다. 열매에 붙은 긴 깃털은 씨앗을 가볍게 해 바람을 타고 멀리 퍼지게 하는 역할을 한다.

할미꽃은 한창 꽃다운 시절엔 허리를 숙이지만 열매가 익으면 언제 그랬냐는 듯 꽃대를 위로 곧게 세운다. 조금이라도 위에서 씨앗을 날려야 멀리 날아가기 때문이다. 전국 산지에서 자라는 백합과 식물 처녀치마도 이와 비슷하다. 꽃이 필 때는 꽃대가 10센티미터 정도로 작지만 수정한 다음에는 꽃대가 쑥쑥 자라 50센티미터까지 훌쩍 크는 특이한 꽃이다. 원주 오크밸리 리조트 뒷산에서 60센티미터 이상 꽃대를 높인 처녀치마를 본 적도 있다. 그래야 꽃씨를 조금이라도 멀리 퍼뜨릴 수 있기 때문이다.

10여 년 전에는 할미꽃을 보기 힘들었다. 도시는 물론 시골에 가도 할미꽃을 보기 힘들고 깨끗한 산에 가야 겨우 볼 수 있었다. 할미꽃이 공해에 특히 약하기도 하지만, 김태정 한국야생화연구소장은 농약 때문이 아닌가

강원도 동강 절벽에 핀
동강할미꽃. 홍자색, 연보라색
등 색깔이 다양하고 화려하다.
초봄에 수많은 꽃애호가가 이
꽃을 보기 위해 동강으로 간다.

추측했다. 그는 할미꽃은 농약 성분에 약해 농약이 한 방울이라도 이르는 지역에선 생존하지 못하는 것 같다고 했다. 그는 이러다 할미꽃이 멸종할지도 모른다면서 걱정했다. 다행히 이후 농약을 적게 쓰거나 쓰지 않는 분위기가 형성되면서 예전보다는 야생 할미꽃이 늘어난 것 같다. 더구나 원예종으로 증식한 할미꽃이 크게 늘어나면서 지금은 공원이나 화단에서 할미꽃을 쉽게 볼 수 있다.

할미꽃은 미나리아재비과 식물답게 독성이 강하기 때문에 주의가 필요하다. 꽃을 만진 손으로 얼굴을 만지면 독이 오를 수 있다.

할미꽃이 요즘 부활하는 꽃이라면 동강할미꽃은 유명한 아이돌급 야생화다. 검붉은 색 일색인 할미꽃에 비해 동강할미꽃은 매우 다양하고 화려한 색깔로 동강 절벽을 장식한다. 나는 초봄에 동강할미꽃을 보러 몇 번이나 갔는지 헤아리기 어려울 정도로 동강에 여러 번 갔다.

동강할미꽃은 허리를 꼿꼿이 편 채로 피기 때문에 할미꽃은 구부정하게 피는 꽃이라는 기존의 인식을 무색케 한다. 동강할미꽃은 형태학적으로 할미꽃에 비해 암술과 수술의 수가 적다.

동강할미꽃을 세상에 처음 알린 사람은 생태사진가 김정명이다. 김정명 작가는 1997년 동강에서 야생화 탐사를 하다가 바위 절벽에서 "하늘을 향해 피는 할미꽃"을 발견했다. 그는 다음 해 사신의 「한국의 야생화」 캘린더에 이 꽃 사진을 실었고, 2년 후인 2000년에 동강할미꽃은 세계에서 유일하게 한국에만 서식하는 식물로 학계의 인증을 받았다.

꽃이 된 아기

「그 가을의 사흘 동안」| 채승화

꽃을 닮은 아이들의 목소리

「그 가을의 사흘 동안」은 박완서가 1980년에 발표한 중편소설로, 30년 가까이 소파搔爬 수술을 해온 여의사가 주인공이다. 55세 나이로 이 일을 그만두기 사흘 전, 주인공은 딱 한 번만이라도 아기를 받아보고 싶다는 욕망에 사로잡힌다.

주인공이 서울 변두리 "화냥기 도는 동네"에 산부인과를 개업한 것은 1953년 휴전 직전이었다. 소설을 읽다 보면 주인공이 예전에 성폭행을 당해 임신했고 그 아이를 지운 아픔이 있다는 것을 알 수 있다. "원치 않는 아기가 배 속에 있을 때의 고통이 어떻다는 건 그걸 가져본 여자만 안다." 그래서 "여자를 그런 질병 이상의 고독한 고통에서 해방시키는 것"이 주인공의 꿈이었다. 주인공이 여

자들을 수술해주면서 30년 가까이 태어나지 못하게 한
아기의 수는 큰 초등학교 또는 작은 읍을 하나 더 만들
정도였다.

그녀가 처음 산부인과를 개업할 때 마수걸이로 한 일
은 건물 주인 황 씨 딸의 아기를 받는 일이었다. 아기는
머리만 나왔을 때 이미 눈을 뜨고 있었다. 황 씨는 자신
의 딸이 겁탈당해 낳은 아기라며 감쪽같이 자신의 업둥
이로 삼겠다고 했다.

세월이 30년 가까이 흘러 황 씨의 업둥이 만득이가 집
을 나갔다가 만삭의 여자를 데리고 들어온다. 주인공은
일을 그만두기 직전, 살아 있는 아기를 받고 싶다는 욕망
을 느낀다. 주인공은 만득이네 분만을 자신이 하고 싶다
는 뜻을 전하지만 황 씨는 "내가 아무러면 내 첫 손자를
사람백정 손에 맡길 성싶소"라며 일언지하에 거절한다.
주인공은 '사람백정'이라는 말에 충격을 받는다. 그녀는
산부인과 폐업일이 가까워질수록 그동안 깨닫지 못했던
죄의식에 사로잡힌다. 이때 죄의식의 상징으로 등장하는
것이 채송화다.

그래 봤댔자 기껏 완두콩만 한 두부頭部인 것을 놀랍게도

7-10월에 꽃이 피는 채송화는 나팔꽃처럼 낮에 피었다가 오후에 오므라든다.

두 개의 눈이 또렷하게 박혀 있다. 눈꺼풀이 아직 안 생겼음인지 그 두 개의 눈이 마치 채송화 씨를 박아놓은 것처럼 또렷하게 뜨고 있다.

내가 처형한 눈, 한 번도 의식화되지 않은 눈, 앞으로 의식화될 가망이 전혀 없는 채송화 씨만 한 눈이 느닷없이 나의 어떤 지난날부터 지금까지를 한꺼번에 꿰뚫어 보는 듯한 느낌에 나는 전율한다. 그 채송화 씨만 한 눈이 샅샅

이 조명한 나의 생애는 거러지보다 남루하고 나의 손은
피 묻어 있다.

폐업 하루 전날, 주인공은 새로 이사할 집 콘크리트 마
당에 채송화 싹이 트고 꽃이 핀 다음 아이들로 변해 울어
대는 악몽을 꾼다.

나는 할 수 없이 주머니 속의 꽃씨를 훌훌 콘크리트 바닥
에 뿌렸다. 뿌리고 보니 채송화 씨였다. 조그만 채송화 씨
들은 순전히 제힘으로 콘크리트 바닥을 잘도 뚫고 땅속으
로 들어갔다. (…) 작은 씨앗들은 단박 싹이 나고 잎이 나
더니 색색 가지 꽃을 피웠다. 빨강, 노랑, 분홍, 자주….
나의 뜨락은 난만한 채송화 꽃밭이 되었다. 그러더니 꽃
들은 저희끼리 싸우기 시작했다. 울고불고 아우성치는
게, 꽃들의 목소리는 아이들의 목소리하고 어쩌면 그렇게
닮아 있는지….

산부인과 마지막 진료 날 만삭인 스무 살 소녀가 찾아
온다. '처리'하기 위해 유도분만한 7-8개월 미숙아가 뜻
밖에도 살아 있음을 알아차린 주인공은 아기를 살리기

위해 인큐베이터가 있는 큰 병원으로 미친 듯이 달린다. 결국 아기는 죽지만 주인공은 새집 마당에 아기를 묻고 그 무덤 위에 채송화 씨를 뿌리겠다고 마음먹는다.

박완서가 1993년 발표한 소설 「꿈꾸는 인큐베이터」도 임신 중절 문제를 다룬 작품이다. 이 소설의 주인공은 딸을 둘 낳고 셋째를 임신했는데 셋째도 딸이라는 것을 알고 중절 수술을 했다. 주인공은 한 집안의 대를 잇는 아들을 낳아야 집안에서 엄마로서 위치가 분명해진다고 생각했다. 하지만 주인공의 시어머니와 시누이가 중절 수술을 강요해 그녀는 원한에 가까운 감정을 품고 그들과 인연을 끊다시피 하며 산다. 그러던 어느 날 주인공은 조카 유치원 재롱잔치에서 만난 남자와의 대화를 통해 자신이 한낱 인큐베이터에 지나지 않았음을 자각하고 각성한다.

1990년대 의학 기술은 태아의 성별을 감별할 수 있을 만큼 발달했으나 우리 사회의 남아 선호사상은 여전했다. 기술과 의식의 간극에서 여아 임신 중절이라는 사회 문제가 발생했다. 1980년 자연 상태에 가까운 105.3여아 100명 대 남아 105.3명이던 성비는 1990년 116.5까지 치솟았다. 요즘은 다시 인식이 달라져 자연 성비를 회복했다.

임신 32주 이전에 부모에게 태아의 성별을 알리지 못하도록 한 의료법 제20조가 시대에 맞지 않다는 지적이 나올 정도다. 박완서처럼 앞서서 시대착오적인 남아 선호 사상, 가부장제를 매섭게 비판한 사람들이 있었기에 가능한 일이었을 것이다.

강인한 생명력을 지닌 잡초

「그 가을의 사흘 동안」에 나오는 채송화의 원산지는 남미다. 식물학자들은 구한말에 서양 선교사가 들여왔거나 일제강점기 때 일본을 거쳐 우리나라로 들어왔을 것이라고 추정한다. 어효선이 작사한 동요 「꽃밭에서」에 "아빠하고 나하고 만든 꽃밭에 채송화도 봉숭아도 한창입니다"라는 가사가 등장할 정도로 채송화는 우리에게 익숙한 꽃이다. 요즘엔 가정집 화단이 없어서인지 전처럼 흔히 보기는 어렵다.

잎은 길이가 1-2센티미터로 작고 뭉툭한 원기둥 꼴이다. 속에 즙이 많고 잎겨드랑이에는 흰 털이 있다. 꽃은 줄기 끝에 꽃자루 없이 1-2송이씩 달리는데 나팔꽃처럼 낮에 피었다가 밤에 오므라든다. 채송화는 여름에 피지만 줄기가 자라면서 잇따라 꽃이 피므로 가을에도 볼 수

채송화 씨앗은 아주 작고 까맣다. 예전에는 이 씨앗으로 소꿉놀이를 했다.

있다.

채송화는 열매가 익으면 껍질이 뚜껑처럼 열려 아주 작고 까만 씨앗이 드러난다. 채송화 씨앗을 받아 소꿉놀이한 추억을 간직하고 있는 사람도 많을 것이다. 그런 채송화 씨앗이 소설에선 끔찍하게도 중절 수술한 태아의 눈을 상징한다. 채송화는 씨앗을 뿌리면 금방 싹이 나고 줄기를 잘라 모래땅에 꽂으면 금방 뿌리를 내릴 정도로 생명력이 강하다.

채송화는 잡초의 대명사 중 하나인 쇠비름과 과科는

물론 속屬까지 같다. 두 식물은 한눈에 봐도 매우 비슷하다. 쇠비름은 가지를 많이 치면서 사방으로 퍼져 나가 방석 모양으로 땅을 덮는다. 뽑아놓고 그대로 두면 다시 살아날 정도로 끈질기다.

내가 읽은 소설 가운데 이 잡초를 가장 실감 나게 묘사한 작품은 천명관의 장편 『나의 삼촌 브루스 리』다. 이 소설에는 "쇠비름보다 더 악랄한 새끼!" "뽑아내도 뽑아내도 질기게 다시 뿌리를 내리는 쇠비름처럼" 같은 묘사가 나온다.

쇠비름의 잎은 녹색, 줄기는 붉은색, 꽃은 노란색, 뿌리는 흰색, 씨앗은 검은색이다. 음양오행설의 다섯 가지 색깔을 모두 갖추었다고 해서 오행초라고도 부른다. 주변 식물에 관심을 갖다 보면 가장 먼저 눈에 들어오는 것이 이런 쇠비름 같은 잡초다. 잡초雜草는 사람이 재배하는 작물作物의 상대적인 개념으로 인간의 입장에서 자의적으로 구분한 것이다.

잡초는 생명력이 강하며 작고 가벼운 씨앗을 대량 생산해 맹렬하게 퍼뜨리기 때문에 우리 주변에 많이 서식할 수밖에 없다. 그중에서 도시에서도 흔히 볼 수 있는 것은 쇠비름 외에 강아지풀, 쑥, 서양민들레, 바랭이, 왕

바랭이, 망초, 개망초, 명아주, 환삼덩굴 정도가 아닐까 싶다.

　요즘 잡초의 다양한 용도에 대한 탐색이 한창이다. 냉이나 민들레는 건강식으로 각광받고 있고 개똥쑥은 항암 작용이 있다는 소문에 보기도 힘들어졌다. 잡초의 놀라운 생명력을 작물에 결합시키면 병충해에 끄떡없는 품종을 만들 수 있다. 잘 보존하면서 다양한 용도로 그에 맞는 활용법을 개발한다면 잡초도 우리에게 이로운 식물이 될 것이다.

행운목꽃 향기에 밴 어머니의 슬픔

「나의 가장 나중 지니인 것」 행운목

꽃이 지면 향기도 진다

박완서 작가는 88서울올림픽이 열린 해 남편과 스물여섯 살 외아들을 연이어 잃었다. 한국전쟁 때 오빠와 숙부를 잃는 아픔을 겪었는데 중년에는 아들까지 잃게 된 것이다.

남편은 병으로 세상을 떠났지만 앞날이 창창한 의사 아들이 사고로 갑작스레 떠난 것은 견디기 힘든 고통이었다. 이때의 경험을 바탕으로 쓴 소설이 「나의 가장 나종 지니인 것」이다. 처음부터 끝까지 손윗동서와 전화 통화하는 대화체인데 애지중지 키운 아들을 잃은 어머니의 심경을 때론 담담하고 때론 가슴 저미게 묘사했다.

제목은 김현승의 시 「눈물」의 한 구절을 딴 것이다. 「눈물」은 1957년 김현승 시인이 아들을 잃은 슬픔을 기독교 정신으로 극복하는 과정을 표현한 시다. 제목의 뜻은 '가장 나중에 지닌 것' 또는 '가장 나중까지 지닌 것'으로, 쉬운 말로 '가장 중요한 것'이라고 바꿀 수 있겠다. 이 소설에서 행운목꽃은 죽은 자식을 잊지 못하는 어머니의 아픔을 드러낸다.

우리 집 행운목이 올해 꽃을 피웠잖아요. 꽃 모양이나 빛깔이 볼품이 없어서 핀 줄도 몰랐어요. 어느 날 집에 들어서니까 온 집 안이 향기로 가득 차 있더군요. 현기증이 날 정도였어요. (…) 물건은 분명히 하난데 두 가지 방법으로 존재할 수 있다는 문제에 며칠 동안 몰입할 수 있었죠. 알아요. 꽃이 지면 향기도 없어진다는 거, 근데 그 소릴 왜 그렇게 야멸차게 하시죠?

행운목은 용설란과 드라세나속 식물로, 열대 원산의 나무이기 때문에 우리나라에서는 여간해선 꽃이 피지 않는다. 그래서 조건이 잘 맞아 행운목에 꽃이 피면 그곳에 행운이 찾아온다는 속설이 있다. 소설에 나오는 것처럼 행운목에 꽃이 피었을 때 문을 닫고 있으면 정신이 어지러울 정도로 향기가 강하다.

행운목은 여간해선 꽃이 피지 않아 꽃이 피면 행운이 찾아온다는 속설이 있다.
꽃이 피면 강한 향기가 난다.

소설에서 행운목꽃이 의미하는 바는 조금 모호하다. 몇 번을 읽어보아도 작가가 무엇을 표현하려 했는지는 명확히 파악하기 어렵다. 다만 행운목꽃의 역할과 관련해 "물건은 분명히 하난데 두 가지 방법으로 존재할 수 있다" "꽃이 지면 향기도 없어진다"는 문장에 주목할 필요가 있다. 어머니는 "생때같은 내 아들이 어느 날 갑자기 없어졌다는 걸" 믿을 수 없다며 "향기처럼 형체는 없어도 아들이 어디엔가 있을 것 같다"고 한다. 이런 대목을 보면 행운목꽃은 아들꽃이 세상을 떠났지만 떠도는 향기처럼 집 안 구석구석이 아들에 대한 흔적으로 가득 차 있기를 간절히 바라는 것 같다. 마치 쇠꼬리를 고다가 태워먹었을 때 달포가 넘도록 그 냄새가 가시지 않는 것처럼 말이다. 그래서 주위 사람들이 "꽃이 지면 향기도 없어진다"며 이제 그만 아들을 잊으라고 말하는 것이 그렇게 야속하게 느껴지는 것 아닐까.

「나의 가장 나종 지니인 것」이 자식을 잃은 고통과 슬픔에 대해 쓴 소설이라면 『한 말씀만 하소서』는 이를 감내해가는 과정을 날것 그대로 쓴 일기다. 가톨릭 잡지 『생활성서』에 1990년 9월부터 1년 간 연재한 것을 책으로 묶었다.

박완서는 이해인 수녀의 소개로 부산 분도수녀원에서 20여 일을 지낸다. 수녀원에 간 작가는 "주님과 한번 맞붙어보려고 이곳에 이끌렸다"며 자신의 심경을 밝혔다.

당신은 과연 계신지, 계신다면 내 아들은 왜 죽어야 했는지, 내가 이렇게 고통 받아야 하는 건 도대체 무슨 영문인지, 더도 말고 덜도 말고 한 말씀 해보라고 애걸하리라.

박완서는 작품 후반부에서 참담함과 절망을 넘어 죽음

을 보는 인식과 죽음을 대하는 태도를 통해 깊은 성찰에
이르렀음을 보여준다. 작가는 마침내 수도원에서 깨달음
을 얻는다.

> 내가 만약 '왜 하필 내 아들을 데려갔을까?'라는 집요한
> 질문과 원한을 '내 아들이라고 해서 데려가지 말란 법이
> 어디 있나'로 고쳐먹을 수 있다면 아 그럴 수만 있다면,
> 구원의 실마리가 바로 거기 있는 것 같았다.

박완서는 1991년에 남편의 죽음을 담은 단편「여덟 개
의 모자로 남은 당신」을 출간했다. 남편이 세상을 떠난
지 3년이 지난 후였다. 폐암으로 죽기 전, 남편의 마지막
1년을 간병기 형식으로 그린 작품이다. 남편은 항암 치
료로 머리카락이 빠져 그것을 감추려고 모자를 쓴다. 아
내와 자식들은 그런 그를 위해 최고급 모자를 하나씩 선
물하고, 막내에게 받은 여덟 번째 모자를 끝으로 남편은
가족 곁을 떠난다.

죽음을 앞두고도 의연하게 일상을 이어가려는 남편의
모습과 그런 남편이 멋있어서 신혼 때처럼 가슴이 울렁
거리는 아내 모습은 너무나 감동적이다.「여덟 개의 모

자로 남은 당신」이라는 제목은 윤흥길의 중편소설 「아홉 켤레의 구두로 남은 사내」에서 따온 것이다.

행운목은 반려식물

「나의 가장 나종 지니인 것」에 나오는 행운목은 대표적인 실내 식물이다. 통나무 형태로 수입해 톱으로 잘라 식재하면 잎이 날 만큼 생장력이 왕성하다.

어느 때부턴가 실내 식물이 눈에 들어오기 시작했다. 그전에는 야생화만 우리 꽃 같고 원예식물, 특히 실내 식물은 작위적인 느낌이 들어 관심 밖이었다. 그런데 실내 식물도 이 땅에서 함께 살아가는, 오히려 다른 꽃보다도 사람과 가장 가까이에서 살아가는 생명체 아닌가 하는 생각이 들었다. 최근 많은 사람이 실내 식물의 공기 정화淨化 기능을 주목하고 인테리어 소품으로 사용하는 등 실내 식물의 용도에 관심이 많다.

무라카미 하루키의 소설 『1Q84』에서 여성 킬러 아오마메는 임무 수행을 앞두고 지원 요원에게 집에 둔 고무나무를 돌봐달라는 부탁을 남긴다. 지원 요원은 그렇게 하겠다고 약속하고 "홀가분한 게 최고야. 가족으로는 고무나무 정도가 가장 이상적이지"라고 말한다. 아오마메

인도고무나무는 고무나무 가운데 가장 흔하며 인도가 원산지다. 수형이 깔끔해
사무실이나 거실에서 많이 기른다.

는 이후에도 여러 번 "집에 두고 온 고무나무"를 마음에
걸려 한다. "그 고무나무가 그녀에게는 생명 있는 것과
생활을 함께한 첫 경험"이었기 때문일 것이다. 고무나무
가운데 가장 흔한 것은 인도가 원산지인 인도고무나무
다. 인도고무나무는 수형이 깔끔해 사무실과 거실 등 어
디에나 잘 어울린다. 비슷하게 생긴 떡갈고무나무, 벵갈
고무나무도 있다.

뤽 베송 감독의 영화 「레옹」에서 실내 식물 아글라오
네마는 레옹의 분신이다. 레옹은 아글라오네마를 화분에

담아 스프레이로 물을 뿌려주며 정성껏 가꾸고 거처를 옮길 때마다 가지고 다닌다. 레옹은 아글라오네마를 "제일 친한 친구"라며 "뿌리가 없는 것이 나와 같다"고 말한다. 레옹이 죽자 소녀 마틸다는 아글라오네마를 교정에 심어 뿌리를 내리게 한다. 아글라오네마가 없었다면 이 영화는 그저 그런 느와르 영화에서 크게 벗어나지 않았을지도 모른다.

실내 식물을 가족 삼아 가꾸며 살아가는 사람이 많아졌다. 박완서 소설의 행운목, 아오마메의 고무나무, 레옹의 아글라오네마쯤이면 가족 같은 존재, 즉 '반려伴侶식물'이라 불러도 무방하겠다. '반려식물'이란 용어는 실내에서 가꾸는 식물을 장식용이 아닌 삶의 동반자로 여기는 사람이 늘면서 생긴 말이다.

실내 식물을 고를 때 집들이 화분은 행운목, 개업 화분은 금전수, 승진 축하 선물은 난을 택하던 시대가 있었다. 요즘은 실내에서 키울 수 있는 식물 종류도 다양해졌다. 그중 주변에 흔하고 키우기도 쉬운 식물을 꼽으라면 나무로는 인도고무나무, 행운목, 홍콩야자, 인삼벤저민, 관음죽이 있고 풀 종류로는 스킨답서스, 테이블야자, 산세비에리아, 스파티필룸, 아글라오네마 정도가 아닐까 싶다.

야생화는 물론 원예종 꽃도 지고 없는 한겨울에는 실내 식물을 하나 들여 친구나 동반자를 삼아보면 어떨까. 실내 식물을 키우려면 원산지 특징을 파악해 비슷한 생육生育 환경을 만들어주는 것이 좋다. 권지연 위드플랜츠 대표는 "식물을 키우는 것은 한 생명을 책임지는 것"이라며 "적어도 하루에 몇 번씩은 식물을 들여다볼 정도의 정성이 필요하다"고 말한다.

상업적인 실내 식물의 이름

우리 고유 식물 이름은 그 특징을 살려 지은 것이 많다. 가지를 꺾으면 노란 즙이 나온다고 애기똥풀, 줄기가 쉽게 끊어져 사위가 쓰면 알맞다고 사위질빵, 가지를 넣으면 물이 푸르게 변한다고 물푸레나무 등이 그 예다. 이처럼 정겨운 우리 식물 이름에는 해학이 담겨 있다.

하지만 근래 들어 이름을 붙인 식물들, 특히 많이 팔리는 실내 식물들은 그렇지 않은 경우가 많다. 행운목은 이름에 들어 있는 '행운' 때문에 개업이나 집들이 선물로 많이 쓰인다. 꽃이 피면 행운이 온다는 속설까지 붙여놓았다. 대나무처럼 보이는 개운죽開運竹의 이름은 '운이 열

금전수는 돈이 들어온다는 속설이 있어 개업 축하 화분으로 많이 쓰인다.
동그란 잎사귀가 동전 모양과 비슷해서 금전수라는 이름이 붙었다.

린다'는 뜻이다. 비슷하게 생긴 해피트리^{행복나무}와 녹보

수^{녹색의 보석 나무}도 비슷한 맥락이다.

　행운목이나 행복나무는 그나마 양반이다. 얼마 전 '돈

세다 잠드소서'라고 쓰인 리본을 단 금전수 화분을 보

았다. 원산지가 아프리카인 천남성과 식물 금전수^{金錢樹}

는 잎사귀가 동전 모양으로 생겨서 키우면 돈이 들어온

다고 하는데, 그 말이 사실인지 따지는 것은 무의미하다.

잎이 팔손이와 비슷하게 생긴 파키라^{Pachira}도 '머니트리'

^{Money Tree}라는 이름을 붙였다. 심지어 실내 식물 스파티필

룸^{Spathiphyllum}의 발음이 '스파크'^{Spark}와 비슷한 점을 이용

해 '불꽃처럼 번창하라'는 속설이 있다고 판매하는 것도 보았다.

이 같은 이름은 유통업자들이 상업적인 목적으로 만들어냈을 것이다. 행운목의 영어 이름은 잎이 옥수수 잎과 닮았다고 'Corn Plant'다. 금전수도 영어 이름이 학명 *Zamioculcas zamiifolia*의 앞글자만 따서 만든 'ZZ Plant', 줄기가 굵다고 'Fat Boy' 등으로 돈과 관련 있는 이름은 없다.

돈과 행운을 향한 인간의 욕망은 동서고금 다르지 않는데 식물 이름에 그걸 좀 담는다고 뭐가 문제냐고 할지도 모르겠다. 다만 이렇게 이름을 붙이면 식물의 특징을 짐작할 수 없다. 돈과 행운을 너무 남발하는 상술이 조금 씁쓸하다.

토종 라일락의 향기
『미망』 | 수수깡다리

숨 막히는 향기를 간직한 소설

『미망』은 국운이 쇠락한 조선 말기부터 한국전쟁 즈음까지, 개성에 뿌리를 둔 가족 5대의 일대기를 다룬 대하소설이다. 특유의 상업적 감각으로 개성의 거상으로 부상한 전처만과 그의 장손녀 전태임이 중심인물이다.

이 소설은 한국전쟁이 발발하면서 전국 각지로 흩어지게 된 전태임의 아들딸 세대들이 시대 변화에 빠르게 적응해나가는 과정을 그린다. 『미망』은 개성 지방의 결혼식, 의복, 음식 등 세부적인 풍속을 실감나게 복원해 사료로 손색이 없다는 평가를 받기도 했다. 1996년에는 MBC에서 최불암, 채시라, 김상중 주연의 대하드라마로 방영되었다.

박완서는 책 서문에 『미망』을 쓰기 시작한 것은 문학

사상사 편집주간 이어령의 간곡한 권유 때문이었다고 밝혔다. 그러면서 "기존에는 체험을 바탕으로 소설을 썼는데 상상을 바탕으로 쓰니 벅차다"고 고백했다. 박완서는 이 소설을 쓰는 도중에 개인적인 시련도 겪었다. 1985년 『문학사상』에 연재를 시작했지만, 1988년 외아들을 잃은 충격에 집필을 중단했다가 1990년에야 끝을 맺었다. 그래서인지 후반부에서 한두 권으로 풀어내야 할 이야기를 몇 페이지로 압축한 느낌이 든다.

이희경은 박완서의 창작 모티프를 연구한 책 『박완서를 읽다』에서 이 소설에 대해 "여성가족사 소설로 손꼽히는 작품으로 주목을 받았지만, 작품의 완성도와 밀도에 아쉬움을 남긴 면이 없지 않다"며 "개인적 시련이 창작의 맥을 끊어놓은 데 원인이 있기도 하고, 그가 자신이 겪지 않은 내용을 쓰는 데 취약한 면을 노출한 것으로도 보인다"고 말했다. 『미망』의 시대적 배경과 분위기는 박경리의 『토지』와 유사성이 많다. 『미망』의 전태임이라는 강인한 인물은 『토지』의 서희를 연상시킨다.

제목 미망未忘은 '잊으려 해도 잊을 수가 없다'는 뜻이다. 2004년 세계사에서 이 책을 낼 때 『꿈엔들 잊힐리야』라는 제목으로 풀어서 냈다가 2012년 박완서 전집을 낼

곰배령에서 만난 꽃개회나무.
토종 라일락인 수수꽃다리와
형제 나무다. 묵은 가지가 아닌 새
가지에 연분홍 꽃이 피었다.

때 다시 원래 제목을 복원했다. 이런 아쉬움과 우여곡절
에도 나는『미망』을 토종 수수꽃다리 향기를 간직한 소
설로 오래오래 기억할 것 같다.

수수꽃 달리는 나무

2019년 6월 강원도 인제 곰배령에 올랐다. 점봉산 생
태관리센터에서 5킬로미터쯤 걸어가 도착한 곰배령 정
상은 '천상의 화원'답게 붓꽃, 터리풀, 금마타리 등이 만
개해 있었다. 그러나 그날 내 마음은 곰배령에서 하산하
는 길 언덕에 가 있었다. 거기에 꽃개회나무가 있다는 이

야기를 들었고 마침 꽃이 필 무렵이었다. 꽃개회나무는 토종 라일락인 수수꽃다리와 형제쯤인 나무다. 보통 이 나무는 지리산 이북의 높은 산 능선이나 정상 근처에서 서식해 쉽게 보기 어렵다.

드디어 꽃개회나무를 처음 '알현'했다. 듣던 대로 묵은 가지에서 꽃이 피는 다른 종류와 달리, 새 가지에서 연분홍 꽃을 피우고 있었다. 수수꽃다리 형제답게 향기도 생각보다 강렬했다. 세 시간 동안 땀 흘리며 올라온 보람이 있었다.

토종 수수꽃다리 자생지도 찾아가볼 수 있으면 얼마나 좋을까. 그러나 수수꽃다리는 황해도, 평안남도, 함경남도 석회암 지대에서 자생하기 때문에 갈 수 없다. 분단 이전에 옮겨 심은 것들이 자손을 퍼뜨려 몇몇 수목원에서 볼 수 있다고 하지만 자손이 맞는지 미심쩍기도 하고, 무엇보다 자생지에서 보는 것과 비교할 수 없을 듯하다.

박완서의 세 권짜리 장편소설『미망』도입부에서 수수꽃다리를 발견하고 무척 반가웠다. 소설의 배경이 황해도와 가까운 개성이라 자생지 수수꽃다리가 아닌가 싶어서였다.

서울 홍릉수목원에서 만난 수수꽃다리. 수수꽃을 닮아 수수꽃다리라는 이름이 붙었다.

4월 초파일이 며칠 안 남은 용수산은 한때 온 산을 새빨
갛게 물들였던 진달래가 지고 바야흐로 잎이 피어날 시기
였다. 그러나 수수꽃다리는 꽃이 한창이어서 그 향기가
숨이 막히게 짙었다.

주인공 전태임이 할아버지 전처만과 함께 개성 용수산
을 넘는 대목이다. 초파일을 앞두고 있다면 봄이 무르익
은 5월 중순이다.
5월은 라일락이 만개하는 계절이다. 라일락이 피면 진
한 향기 때문에 근처만 지나가도 알 수 있다. 라일락만

큼 향기가 진한 꽃이 있을까 싶을 정도로 '향기' 하면 떠오르는 꽃이 라일락이다. 박완서의 다른 소설 『그 남자네 집』에도 사랑 마당에 핀 '향기 짙은 흰 라일락'이 나온다.

그런데 『미망』에 나오는 꽃은 라일락이 아니라 수수꽃다리다. 박상진 경북대 명예교수는 그의 저서 『궁궐의 우리 나무』에서 "원뿔 모양의 꽃차례에 달리는 꽃 모양이 잡곡의 하나인 수수꽃을 많이 닮아 '수수꽃 달리는 나무'라고 하다가 수수꽃다리라는 멋스런 이름이 붙었다"고 했다.

4월 말에서 5월 초 사이 서울 홍릉수목원에 가면 수수꽃다리라는 팻말을 단 나무가 꽃을 피운 것을 볼 수 있다. 수수꽃다리는 라일락과 생김새가 비슷하지만 잎과 꽃 모양이 약간 다르다. 식물도감에서는 라일락은 잎이 폭에 비해 긴 편인데, 수수꽃다리는 길이와 폭이 비슷하다고 설명한다. 그러나 이 정도 설명만 보고 현장에서 라일락인지 수수꽃다리인지 구분하는 것은 거의 불가능하다. 박상진 교수는 "수수꽃다리인지 아니면 20세기 초 우리나라에 수입꽃나무로 들여와 온 나라에 퍼진 라일락인지를 알아내는 것은 전문가도 어렵다"고 했다. 여기에다

라일락은 꽃잎이 네 개로 갈라지는데, 다섯 개로 갈라진 꽃잎을 보면
사랑이 이루어진다는 속설이 있다.

라일락의 우리말이 수수꽃다리라고 생각해 라일락에다
수수꽃다리 팻말을 달아놓은 경우도 많아 더욱 혼란스
럽다.

전문가들은 자생지에서 수수꽃다리의 특징을 정확히
파악해 라일락과 비교하면 두 식물의 차이점을 찾을 수
있을 텐데 그것이 불가능하기 때문에 설명 자체가 부실
하다고 했다. 수수꽃다리 자생지에 자유롭게 다닐 날이
곧 오기를 바랄 뿐이다. 두 식물을 구분하는 것은 전문가
들에게도 힘든 일이기 때문에 일반인들은 라일락과 수수

꽃다리 구분에 신경 쓸 필요 없이 그 꽃과 향기를 즐기면 그만이다.

예전에는 우리나라의 수수꽃다리와 형제나무들을 중국의 영향을 받아 '정향丁香나무'라고 불렀다. 박완서는 산문집 『두부』에서 1996년 베이징에 있는 루쉰 고택을 보러 갔는데 "그 집 마당에 정향목丁香木이란 팻말을 달고 서 있는 나무"가 있었다고 했다. 정리하면 토종 수수꽃다리는 북한에 자생하고, 라일락은 서양수수꽃다리고 정향나무는 라일락 종류의 중국식 이름이다. 현인의 번안곡 「베사메무초」에 "리라꽃 향기를 나에게 전해다오"에 나오는 리라꽃은 라일락을 가리키는 프랑스어다.

이외에 다른 토종 수수꽃다리 종류 식물들은 구분하기 어렵지 않다. 수수꽃다리와 비슷한 토종 형제나무로 꽃이 흰색이고 수술이 밖으로 나온 개회나무, 잎 뒷면 주맥에 털이 많은 털개회나무정향나무, 묵은 가지가 아닌 새 가지에서 꽃대가 나오는 꽃개회나무 등이 있다.

라일락과 수수꽃다리는 동서양을 막론하고 많은 사랑을 받는 꽃인 만큼 이야깃거리도 많다. 라일락 꽃잎은 네 개로 갈라지는데, 꽃잎이 다섯 개로 갈라진 라일락을 보면 사랑이 이루어진다는 속설이 있어 일부러 찾아다니는

미스김라일락. 미국에서 우리 토종 털개회나무를 개량해 만들었다.
작지만 향기가 진해 조경용으로 인기다.

사람도 있다. 네잎 클로버와 비슷한 속설이다. 라일락의
하트 모양 잎을 깨물면 첫사랑의 맛을 느낄 수 있다는 이
야기도 있다. 잎을 따서 깨물면 당연히 쓰디쓴 맛이 난다.

라일락 가운데 수형樹形이 1미터 정도 되고 향기가 진
해 조경용으로 인기인 나무가 있다. 바로 미스김라일락
이다. 이 라일락은 1947년 미군정청 소속의 식물채집가
미더Elwin M. Meader가 북한산 백운대 부근에서 털개회나무
씨를 채집해서 개량한 품종이다. 그는 1954년에 미스김
라일락을 조경수로 내놓을 때 한국에서 가장 흔한 성을
따 이름을 지었다. 이 나무는 미국 라일락 시장의 30퍼센

트를 차지할 정도로 인기를 끌었고, 1970년대부터 우리나라도 역수입했다. 우리나라에 토종 털개회나무가 있는데도 미국에서 개량한 미스김라일락을 도입해 심은 것이다.

이 사연 때문에 인생 행로를 바꾼 사람이 있다. 김판수 정향나무농장 대표는 기자 시절 이 사연을 듣고 안타까워하다가 2007년에 귀농해 정향나무와 수수꽃다리 같은 토종 라일락을 복원하기 시작했다. 10여 년이 흐른 지금 충북 단양 소백산 기슭에 있는 그의 농장에는 수수꽃다리를 포함한 토종 라일락 3만여 그루가 자라고 있다. 대량 증식에 성공한 것이다. 김판수 대표는 얼마 전 북한산의 한 절에서 자라는 나무가 라일락인지 수수꽃다리인지 확인하러 갔다. 스님이 지나가면서 "절에 왔으면 부처님부터 봬야지 왜 라일락 나무만 쳐다보시오"라고 물었다. 그러자 그는 속으로 '지금 내게는 이 나무가 부처님이오'라고 대꾸했다는 일화를 블로그에 썼다.

김판수 대표의 꿈은 토종 라일락을 널리 확산시키는 것이다. 군산대학교에서는 그가 복원한 나무로 수수꽃다리 마당을 조성했다. 김판수 대표는 "토종 라일락이 서양 라일락을 대신해 관광지, 식물 관찰 학습지, 휴식 공간

조성에 폭넓게 쓰일 수 있을 것"이라고 말했다. 그의 바람이 이루어져 곳곳에서 토종 라일락의 향기를 느낄 수 있으면 좋겠다.

노년의 삶을 위로하다

노년에 찾아온 감미롭고 싱그러운 울림

「오동梧桐의 숨은 소리여」| 오동나무

아직 깨어나지 않은 소리

박완서의 단편소설 「오동의 숨은 소리여」는 아내와 사별하고 장남 집에 얹혀 사는 노인 이야기다. 이 소설은 손주의 양육과 교육 등 가정 내에서 아무 역할이 없는 노인의 현실을 실감 나게 보여준다.

TV를 보던 손주가 콜라 캔을 걷어찬 다음 티슈를 마구 뽑아 카펫을 닦는다. 김 노인은 종이를 아껴 쓰라고 손주를 타이르고 싶지만 심호흡까지 하면서 입을 다문다. 먼저 간 아내가 "아들 며느리에게 대접받고 살고 싶으면" 손주 양육을 비롯해 아들네 집안일에는 절대 간섭하지 말라고 신신당부했기 때문이다. 그러나 그렇게 사는 것은 "참아내기 벅찬 중노동"이고 "하루하루 죽어가고 있을 뿐이라는 느낌 그 자체"였다.

노인은 아들 집에서 일하는 파출부 아줌마에게 연민의 정을 느껴 말을 붙이고 따로 돈 봉투도 건넨다. 하루는 손주들을 데리고 놀이동산에 갔다가 퍼레이드를 하는 젊은 여성에게 매력을 느낀다. 김 노인은 그녀에게서 뜻밖의 볼 맞춤을 받고 깜짝 놀란다.

아가씨는 한술 더 떠서 김 노인의 목에 팔을 감고 볼에다가 가볍게 입을 맞추었다. (…) 그러나 뒷맛은 오래도록 짜릿하고 감미롭고 그리고 포근했다. 그런 느낌은 얼마만인지, 아니 생전 처음 같았다. 그는 소년처럼 가슴이 울렁거렸다. 그리고 자신에게 그런 감각이 남아 있다는 게 더 신기했다.

김 노인은 "그의 노구老軀에 그런 싱그러운 울림"이 숨어 있었다는 사실이 놀랍고 신기했다. 그는 "그 가슴 설레고 부드러운 느낌"과 "넉넉한 행복감"이 좋았다. 그러나 이 두 가지 행동을 '주책' 또는 '망령'으로 보는 아들 내외의 치욕스런 대화를 엿듣고 만다. 김 노인은 잠깐 자살까지 생각하지만 자신의 몸에 아직 그런 감각이 남아 있는 것에 행복을 느낀다.

그런 별 볼일 없는 늙은 몸이건만 얼마나 신기한가. 꽃이 피면 즐겁고, 잎이 지면 서러운 걸 느낄 능력이 정정하니. 그 밖에도 아직 깨어나지 않은 소리가 또 있을지 누가 아나. 아직도 밝혀내지 못한 비밀이 남아 있는 한 그의 목숨은 그에게 보물단지였다.

이처럼 이 소설엔 독자의 예상을 뒤엎는 묘미가 있다. 한 인물이 치욕을 견디는 것을 넘어 "아직 깨어나지 않은 소리"를 기대하면서 긍정적인 삶의 의지를 지니는 것이다. 우리는 이러한 삶에 대한 인물의 적극성을 박완서 소설에서 종종 볼 수 있다. 작가는 독자들에게 앞으로 김 노인의 인생이 상당히 활기찰 것 같은 기대감을 불어넣어준다.

박완서의 수필집 『두부』에 실린 「트럭 아저씨」라는 글에도 노년의 '울림' 또는 '울렁거림'에 대한 문장이 있다.

제비꽃이나 할미꽃, 구절초처럼 심은 바 없이 절로 번식하는 들꽃까지도 계산에 넣긴 했지만 그 다양한 종류가 생각할수록 신기했다. 그것들은 하나같이 내 가슴을 울렁거리게 했던 것들이다. 이 나이에도 가슴이 울렁거릴 만한 놀랍고 아름다운 것들이 내 앞에 줄서 있다는 건 얼마나 큰 복인가.

이 소설의 제목은 「오동의 숨은 소리여」지만 정작 본문에는 오동나무가 나오지 않는다. 그러나 "그런 느낌이 그의 내부에서 일어났다는 게 중요했다" "그의 노구에 그런 싱그러운 울림이 숨어 있었다는 사실이 놀랍고 신기했다"는 문장으로 보아 작가가 오동나무를, 특히 악기를 만드는 나무로서 오동나무를 염두에 두고 썼다는 것이 선명히 드러난다.

이 소설의 제목은 한용운의 시 「찬송」에 나오는 구절 "옛 오동의 숨은 소리여"에서 따온 것이다. "옛 오동의 숨은 소리"는 오동나무로 만든, 아름다운 가야금의 울림을 뜻한다. 따라서 박완서는 김 노인이 자신의 몸으로 느낀 "싱그러운 울림"을 오동나무로 만든 가야금의 울림에 비유하고 있는 것이다. 작가는 소설 제목을 한용운의 시에서 따와 작품에 운치를 더했고, 노구의 감각에 시적인 감성까지 부여하는 효과를 얻었다.

이처럼 박완서는 종종 시에서 제목을 따오기도 한다. 작가는 산문집 『못 가본 길이 더 아름답다』에서 "글을 쓰다가 막힐 때 머리도 쉴 겸 해서 시를 읽는다. 좋은 시를 만나면 막힌 말꼬가 거짓말처럼 풀릴 때가 있다. (…) 등 따습고 배불러 정신이 돼지처럼 무디어져 있을 때 시의 가시에 찔려 정신 번쩍 나고 싶어 시를 읽는다"고 했다.

산문집 제목 『나는 왜 작은 일에만 분개하는가』는 김수영의 시 「어느 날 고궁을 나오면서」의 첫 문장에서 빌려온 것이다. 작가는 2009년 서울대 관악초청강연에서 시에 대한 애착을 드러냈다.

저는 시를 참 좋아해서 시집은 아무도 안 주고 간직해요. 간간이 시집을 펴보면 감동이나 자극을 받을 때도 있고, 작은 한 줄에서 영감을 얻을 때도 있어요. 그렇지만 시를 아끼고 우러르는 마음이 강해서 그런지 한 번도 그 분야를 넘보지는 않았어요.

봉황이 쉬어가는 나무

오동나무는 현삼과에 속하는 나무로, 쭉 뻗은 줄기에 연보랏빛 꽃송이를 매단 모습이 참 예쁘다. 우리나라에는 오동나무와 참오동나무 두 종류가 있다. 두 나무를 구별하는 방법은 꽃송이 안쪽에 자주색 점선이 있는지 보

오동나무꽃(위)과 참오동나무꽃(아래). 꽃송이 안쪽에 자주색 점선이 없으면 오동나무, 있으면 참오동나무다. 우리나라에서 흔히 볼 수 있는 나무는 점선이 있는 참오동나무다.

는 것이다. 점선이 많이 있으면 참오동나무, 없으면 오동나무다. 이 중 우리나라에서 흔히 볼 수 있는 나무는 대부분 점선이 많은 참오동나무다. 그냥 오동나무는 우리나라 특산식물이지만 드물기 때문에 만나기 쉽지 않다. 5월부터 피기 시작해 6월까지 볼 수 있는 오동나무의 꽃은 통꽃 형태인데 손가락 두 마디 정도 길이고 통통하다. 꽃이 지고 난 자리에 달걀 모양 껍질을 지닌 열매가 생긴다.

오동나무 잎은 오각형이며 어른 얼굴만큼 큼직하다. 우리나라 나무 가운데 잎이 가장 크다. 오동나무는 이 큰 잎사귀 덕분에 다른 나무보다 더 많은 햇빛을 받아 빠른 속도로 몸집을 불려 15-20년이면 쓸 만한 재목으로 자란다. 이러한 오동나무의 생장 기간은 과거 15-20세였던 여자의 결혼 적령기와 딱 들어맞았다. 그래서 딸을 낳으면 시집갈 때 장롱을 짜주기 위해 오동나무를 심었던 것이다.

원래 빨리 자라는 나무는 대체로 단단하지 못하다. 그러나 오동나무는 예외다. 나이테 지름이 1년에 2-3센티미터씩 커지며 초고속으로 성장하는 데 비해 적당한 강도를 지닌 나무가 된다. 더구나 오동나무는 재질이 부드럽고 습기와 불에 잘 견디며, 가공도 쉽고, 좀벌레도 잘 생기지 않는 성질이 있다. 가구 재료로 아주 좋은 장점을 두루 갖추고 있는 것이다. 그래서 오동나무는 장롱이나 상자, 문방구, 장례용품 등 주로 생활용품을 만드는 데 쓰인다.

다른 나무들이 넘볼 수 없는 오동나무의 독보적인 장점은 바로 소리를 전달하는 성질이 좋다는 것이다. 이 때문에 거문고, 비파, 가야금 같은 악기를 만드는 데 사용했다. 서울 송파구 오금梧琴동은 옛날부터 오동나무가 많고 가야금을 만드는 장인들이 살았던 마을이라고 해서 붙여진 이름이다.

'오동'이란 이름이 들어가 있지만 전혀 다른 종류의 나무들도 있다. 벽오동碧梧桐, 개오동 등은 오동나무와 과科, Family가 다른 나무들이지만 잎이 비슷해 오동이란 이름이 붙었다. 식물 분류에서 과를 나누는 기준은 주로 생식기관꽃의 형태다. 그러므로 과가 다르다는 것은 꽃과 열매가 확연히 다르다는 의미다.

벽오동은 오동나무와 잎이 매우 비슷하고 줄기 색깔이 푸르기 때문에 '벽오동'이란 이름을 얻었다. 봉황이 이 나무 아니면 앉지 않는다는 것이 바로 벽오동이다. 초여름 벽오동은 원뿔 모양의 꽃차례에 노란빛의 작은 꽃이 수없이 달린다. 가을로 접어들면 익어가는 열매 모양이 정말 신기하다. 작고 오목한 껍질 가장자리에 쪼글쪼글한 콩알 크기의 열매가 3~4개씩 붙어 있다. 주로 중부 이남 지역에 많이 심어져 있는데 서울 마로니에공원에 가면 제법 큰 벽오동을 볼 수 있다.

'개오동'은 오동나무와 비슷하게 생겼지만 목재로 쓰임새가 떨어져 붙여진 이름이다. 개오동도 오동나무와는 다른, 능소화과에 속하는 나무다. 본래 개오동의 고향은 중국이지만 우리나라 고궁에 노거수가 있는 것으로 보아 오래전부터 우리나라에서 심었다고 할 수 있다. 개오동은 오동나무와 마찬가지로 비교적 곧은 줄기와 큼직한 잎사귀를 지녔고 종 모양 꽃송이들이 원추형으로 달린다는 특징이 있다. 그러나 오동나무꽃이 연한 보라색인 것과 달리 개오동은 연한 노란색 꽃이 피는 데다 결정적으로 열매 모양이 확실하게 다르다. 오동나무의 열매는 달걀 모양인데 개오동 열매는 마디가 없는 가늘고 긴 막대 모양이다. 개오동꽃은 제법 예쁘고 좋은 향기도 난다. 경복궁 국립민속박물관 입구에 가면 상당히 큰 개오동을 볼 수 있다.

개오동(위)은 연한 노란색 꽃이 피고, 꽃개오동(아래)은 흰색 꽃이 핀다.
둘 다 가늘고 긴 막대 모양 열매가 달린다.

개오동과 비슷하지만 꽃이 아름다워서 '꽃'이라는 접두어가 붙은 꽃개오동도 있다. 원산지는 미국으로, 1910년 전후로 미국 선교사가 들여와 전국에 심은 나무라고 한다. 꽃개오동은 꽃이 거의 흰색이고 열매가 가늘고 긴 점이 특징이다. 인천수목원에 가면 굉장히 큰 꽃개오동을 여러 그루 볼 수 있다.

순박한 시골 처녀의 떨림

「친절한 복희씨」 | 박태기나무

터질 듯한 환희

4월 말이면 서울 화단이나 공원에서 온통 홍자색으로 물든 나무를 볼 수 있다. 잎이 나지 않은 가지에 길이가 1센티미터 정도 되는 꽃이 다닥다닥 피기 때문에 나무 전체를 홍자색으로 염색한 것 같다. 이 홍자색 꽃의 주인공은 바로 박태기나무다. 4월에 물이 오르면 딱딱한 나무에서 꽃이 서서히 밀고 올라와 부풀어 오르는 모습이 신기하다. 물론 아무 데서나 꽃이 피는 것은 아니고 겨우내 꽃눈을 달고 있다가 4월에 물이 오르면 점점 홍자색을 띠면서 부풀어 오른다.

이 화려한 꽃을 볼 때마다 박완서의 단편소설 「친절한 복희씨」가 떠오른다. 이 소설만큼 박태기나무꽃의 특징을 잘 잡아내 묘사한 소설을 보지 못했기 때문이다. 소설은 중풍으로 반신불수가 된 남편을 돌보는 할머니 이야기다. 할머니는 꽃다운 열아홉에 상경해 시장 가게에서 일하다 홀아비 주인아저씨에게 원치 않는 일을 당하고 결혼을 한다. 그런 할머니에게는 결혼 전 가게에서 식모처럼 일할 때, 가게 군식구였던 대학생이 자신의 거친 손등을 보고 글리세린을 발라줄 때 떨림을 느꼈던 기억이 있다.

나는 내 몸이 한 그루의 박태기나무가 된 것 같았다. 봄날 느닷없이 딱딱한 가장귀에서 꽃자루도 없이 직접 진홍색 요요한 꽃을 뿜어내는 박태기나무, 헐벗은 우리 시골 마을에 있던 단 한 그루의 꽃나무였다. 내 얼굴은 이미 박태기꽃 빛깔이 되어 있을 거였다. 나는 내 몸에 그런 황홀한 감각이 숨어 있을 줄은 몰랐다. 이를 어쩌지. 그러나 박태기나무가 꽃피는 걸 누가 제어할 수 있단 말인가. 나의 떨림을 감지한 대학생은 당황한 듯 내 손을 뿌리쳤다.

버스 차장이 되기를 희망하며 상경한 순박한 시골 처녀가 처음 느낀 떨림을 박태기꽃에 비유해 어떻게 이렇게 생생하게 묘사할 수 있을까. 이 소설은 박완서가 2006년 봄에 발표한 작품이다. 작가가 경기도 구리 아차

266

산 자락 아치울마을에 새로 지은 노란집에 살 때였다. 그 집 마당에는 목련, 매실나무, 앵두나무 등과 함께 박태기나무도 있었다. 작가가 새봄마다 애정 어린 눈길로 박태기나무가 꽃피는 것을 보았기에 "딱딱한 가장귀에서 꽃자루도 없이" 같은 표현이 나왔을 것이다. 나도 마당이 생기면 박태기나무는 꼭 심을 생각이다.

「친절한 복희씨」에서 할머니는 남편 전처의 아들 하나를 포함해 오남매를 키웠다. 그녀는 아이들을 최고로 기르고 싶었고, 자식들이 자신의 손등에 글리세린을 발라주었던 그 대학생처럼 "잠시나마 물오른 한 그루 박태기나무로 변신하는 기적과 환희"를 느끼게 해주기를 바랐다.

남편은 반신불수 상태지만 "속에서 뻗치는 기운은 여전한 듯" 아랫도리를 씻어줄 때 신음소리를 낸다. 그때마다 그녀는 "내 안에서 출구를 찾고 있는 잔인한 충동"을 느낀다. 그녀는 남편이 자신을 핑계로 비아그라를 구입하려 했다는 것을 알고 치욕감에 "죽이고 싶은 건지 죽고 싶은 건지 대상이 분명치 않은 살의"를 느낀다. 그러면서 시골에서 상경할 때부터 간직해온 "많이 먹으면 고통 없이 죽을 수도, 남을 감쪽같이 죽일 수도 있는 약"을 한강

홍자색으로 물든 박태기나무.
잎도 나지 않은 가지에 길이가
1센티미터 정도 되는 꽃이
다닥다닥 피기 때문에 나무 전체를
홍자색으로 염색한 것 같다.

에 던지며 터질 듯한 환희를 느낀다. 할머니가 꽃다운 나이에 원치 않는 일을 당한 후 남편에게서 느낀 '살의'를 비로소 벗어던진 것인지, 죽고 싶다는 생각을 떨쳐버린 것인지는 분명치 않다. 이처럼 박완서의 후기 작품에는 다양한 해석이 가능한 열린 결말이 많다.

박완서는 2007년 10월 『친절한 복희씨』 출간 기념 기자간담회에서 자신의 작품에 대해 이렇게 말했다.

「친절한 복희씨」라는 제목은 영화 「친절한 금자씨」에서 따왔습니다. 남자들은 여자를 폭력적으로 '정복'하면 곧 그 여자를 '소유'할 수 있다고 오해하는 경향이 있는데 사랑의 과정 없이 여자를 '정복'하는 행위는 상대방에게 영원히 상처를 남긴다는 걸 말하고 싶었어요. 남자든 여자든 보편적으로 지녀야 하는 연민에 대해 쓰고 싶기도 했고요. 저는 여성성을 지닌, 이성애 이전에 인간에 대한 연민을 지닌 남자야말로 완전한 남자가 아닐까 생각합니다.

밥알을 닮은 꽃망울

박태기나무의 원산지는 중국이지만 우리나라 어디서나 흔히 볼 수 있다. '박태기나무'라는 이름은 꽃이 피기

꽃이 피기 직전 꽃망울 모양이 밥알을 닮아서 박태기나무라는 이름이 붙었다.

직전 꽃망울 모양이 밥알을 닮은 데서 유래했다. 어릴 적 고향에서는 밥알을 '밥태기'라고 불렀는데 그래서인지 이 나무 이름을 듣고 이름의 유래를 금방 알아차릴 수 있었다. 그러나 박상진 경북대 명예교수는 『궁궐의 우리 나무』에서 박태기나무라는 "꽃의 이미지와 어울리지 않는 우리말 이름이 별로 마음에 들지 않는다"며 "중국 이름은 자형紫荊이니 그대로 번역해 '자주꽃나무'라고 했다면 더 어울리고 멋있었을 것 같다"고 했다.

북한에서는 박태기나무를 '구슬꽃나무'라고 부른다. 꽃의 모양을 보고 붙인 이름으로, 피어나려는 꽃봉오리가 구슬 같다는 의미일 것이다. 박상진 교수는 "박태기나무와 구슬꽃나무 가운데 하나를 선택하라면 박태기나무보다 낭만적인 구슬꽃나무에 점을 찍고 싶다"고 말했다.

4월 중순쯤 박태기나무에 잎이 나기도 전에 작은 홍자색 꽃들이 다닥다닥 피는 모습은 정말 장관이다. 이 모습이 매우 화려하고 모양도 독특해 화단이나 공원에 많이 심는다. 다만 꽃 색깔이 너무 튀어서 다른 나무들과 함께 심기보다는 따로 한 그루만 심거나 아예 이 나무들끼리 모아서 심는 경우가 많다. 이 나무들만 모아서 생울타리를 만드는 경우도 있다.

박태기나무는 햇빛을 좋아하지만 반그늘이 져도 잘 살며, 특히 콩과 식물이기 때문에 메마른 곳에서도 뿌리혹박테리아가 질소를 고정해 살아갈 수 있다. 잎은 계수나무 잎과 비슷한 심장형이고, 두꺼우며, 반들반들하다. 꽃이 지고 나면 10센티미터쯤 되는 꼬투리 모양의 열매가 달린다. 꽃처럼 열매도 다닥다닥 달린다.

박태기나무꽃에 대한 글을 쓸 때 작가의 맏딸 호원숙과 통화한 적이 있다. 호원숙은 "엄마는 꽃을 너무 좋아하셔서 글 쓰는 것만큼이나 마당의 꽃 가꾸기에 정성과 시간을 쏟으셨다"고 말했다. 그러면서 호원숙은 "엄마와 함께 꽃시장에서 꽃을 사다 가꾸는 것이 큰 즐거움이었다. 엄마는 꽃이 핀 걸 보면 항상 '얘, 와서 봐라' 하시곤 했다"며 "꽃이 피었을 때 엄마가 가장 그립다"고 말했다.

부푼 희망의 상징

문순태의 단편소설 「생오지 가는 길」에도 박태기나무꽃이 등장하는데 여기서 박태기나무꽃은 베트남에서 시집온 결혼 이주 여성 쿠엔의 부푼 희망을 보여준다.

쿠엔은 군내 버스에서 내리자 남편의 트럭을 기다리기 위해 황토색 비닐이 깔린 정류장의 시멘트 의자에 앉았다. 길 건너 전봇대 옆 박태기꽃이 햇살 속에서 빨긋빨긋 꽃망울을 터트린 것이 눈에 들어왔다. 아침 8시쯤 버스를 기다리기 위해 앉아 있었을 때까지만 해도 꽃은 보이지 않았다. 서너 시간 사이에 자연의 변화가 이토록 확연하다니. 쿠엔은 문득 시간의 시간 속에 살고 있는 자신을 발견한다. 사는 것이 참으로 숨 가쁘다고 생각한다.

6년 전 베트남에서 시집온 쿠엔은 처음 얼마 동안은 한국이 지옥처럼 느껴졌다. 사람들과 말이 통하지 않아

답답했고, 어머니를 보고 싶은 마음은 굴뚝같았으며, 시어머니의 구박은 죽 끓듯 했다. 그중에서도 가장 큰 고통은 역겨운 청국장 냄새였다. 시어머니는 아들이 좋아한다면서 끼니 때마다 청국장을 끓였는데 쿠엔은 밥상에 앉아서 그 냄새 때문에 코를 막을 정도로 괴로웠다.

그러나 시어머니가 끓여준 청국장을 먹고 입덧이 가라앉은 것을 계기로, 쿠엔은 '쌈빡한' 청국장 맛을 알게 되었다. 쿠엔은 시어머니에게 청국장 담는 법을 배워 이제는 '생오지 청국장' 홈페이지를 만들어 판매할 정도로 한국에 익숙해졌다. 막 꽃망울을 터뜨린 박태기나무꽃은 한국에 잘 정착해 청국장으로 월 매출 200만 원을 돌파하는 것이 목표인 쿠엔의 부푼 희망을 보여준다. 소설은 쿠엔이 같은 동네에 사는 베트남전 참전용사 조 씨와 갈등을 겪다가 조 씨가 고엽제 후유증으로 사망하는 것을 계기로, 조 씨도 결국 '전쟁 피해자'임을 받아들이며 화해하는 내용을 담고 있다.

박태기나무는 어디서나 볼 수 있는 흔한 나무지만 「친절한 복희씨」나 「생오지 가는 길」 같은 소설을 통해 문학적인 생명력을 얻었다. 두 작품을 읽은 다음에 보는 박태기나무꽃은 더 이상 이전의 박태기나무꽃이 아니었다.

피할 수 없는 운명

「저문 날의 삽화 5」| 은방울꽃

아내의 소원

박완서의 단편소설 「저문 날의 삽화 5」의 주인공은 아내와 함께 서울을 벗어나 교외에서 조용히 사는 은퇴 공무원이다. 그는 자식들을 분가시키고 조금 외롭지만 편안한 은퇴 생활을 즐긴다. 숲과 나무를 보며 자연 속에서 사는 것을 다행으로 여긴다. 이 작품에는 가까운 계곡에 있는 은방울꽃이 인상적으로 그려져 있다.

봄이 끝나갈 무렵 계곡을 감미롭고 환상적인 향기로 가득 채우는 은방울꽃에 대해선 그만이 알고 있었다. 밋밋하게 웅덩이가 진 골짜기는 은방울꽃 군생지였다. 넓고 건강해 보이는 잎 사이에 숨다시피 고개를 숙이고 피는 잔다란 흰 꽃 어디에 그런 요요하고 강렬한 향기의 꿀샘이 있는지, 그 골짜기는 눈 감고도 찾을 수가 있었고 그 한가운데 들면 생전 못 빠져나가지 싶은 공포와 절망에 가까운 황홀경에 빠지곤 했다.

주인공은 좋은 자연환경에서 보내는 노년에 만족하기 때문에 자신들이 사는 곳이 그린벨트에서 풀려 개발될 수 있다는 얘기가 달갑지만은 않다. 주인공과 그의 아내는 오히려 도심에서 더 먼 곳으로 이사하는 것이 어떠냐는 말을 주고받는다. "시내에서 멀찌거니 교통이 불편한 데" 살아야 자식들이 자주 오지 못해도 핑계가 있고, 부모 입장에서도 "오잖는 자식 기다리는 것처럼 지치고 치사한 일"을 덜하며 살 수 있기 때문이다. 부부는 아들 내외가 자동차를 사서 운전하고 다니는 사실을 아직 모른다.

이 같은 평화로운 노후에 반전이 일어난다. 아내는 안방과 별도로 방을 따로 만들어달라고 고집해 기도실을 만든다. 거기서 아내가 기도하는 한 가지 소원은 "우리 식구를 순서껏 죽게 해달라"는 것이다. 아내에게는 아버지가 일제강점기 군속으로 근무하다 폭격으로 죽고, 오빠도 한국전쟁 때 국군 장교로 전사한 아픈 경험이 있기

수줍은 듯 고개 숙인 은방울꽃에서 금방이라도 맑은 방울소리가 날 것 같다. 향이 좋아서
고급 향수나 결혼식 날 신부의 꽃다발로 많이 쓰인다.

때문이다. 그러나 아내의 기도는 통하지 않는다. 어느 날
사돈에게서 아들 가족이 교통사고를 당했고 아들 내외
중 하나는 죽었다는 청천벽력 같은 소식을 전해 듣는다.

나는 이 소설을 은방울꽃 군락지 가까이에서, 그러니
까 아주 좋은 자연환경에서 기껏 "순서껏 죽게 해달라"
는 소망을 지니고 평화롭게 사는 부부에게 찾아온 뜻밖
의 불행을 그린 소설로 이해했다. 문학평론가 정호웅은
「작품 해설」에서 "자식의 죽음과 같은 치명적인 불행은
때로 '복병'처럼 숨어 있다 느닷없이 뛰어올라 앞을 가로
막는다는 것, 마치 운명과도 같아 피해갈 방도는 어디에

도 없다는 것 등이 이 작품의 주된 전언"이라고 했다. 박완서는 1988년『소설문학』1월호에 이 작품을 발표했다. 그러고 나서 그해 8월 작가는 교통사고로 외아들을 잃는 아픔을 겪는다.

「저문 날의 삽화」 1-5는 작가가 1987-88년에 발표한 연작소설이다. 노년기의 삶의 모습과 의식세계를 담담하게, 말 그대로 삽화 형식으로 담고 있다. 이때 작가의 남편은 폐암으로 투병 생활을 하고 있었는데 그 영향 때문인지 이 시기에 쓴 작품에서는 대부분 차분한 분위기가 느껴진다. 당시 작가는 50대 후반이었다. 그때 이미 '저문 날'이라는 제목의 소설을 썼지만 그녀의 전성기는 아직 오지 않았을 때였다. 그녀는 1990년대에 최고 인기작인『그 많던 싱아는 누가 다 먹었을까』『그 산이 정말 거기 있었을까』를 펴냈고, 2000년대에는『그 남자네 집』『친절한 복희씨』를 내놓아 글쓰기에서 어떤 경지에 이르렀음을 세상에 알렸다.

조랑조랑 매달린 하얀 꽃

은방울꽃에 대한 묘사는 박완서의 다른 소설『그 많던 싱아는 누가 다 먹었을까』에도 나온다. 은방울꽃은 일제

강점기 말 작가가 숙명여고에 다니다 고향에 내려가 머문 시절에 우연히 산길에서 발견한 꽃이었다.

혼자서 산길을 헤매다가 나도 모르게 음습한 골짜기로 들어가게 되었다. 서늘하면서도 달콤한, 진하면서도 고상한, 환각이 아닌가 싶게 비현실적인 향기에 이끌려서였다. 그늘진 평평한 골짜기에 그림으로만 본 은방울꽃이 쫙 깔려 있었다. 아니 꽃이 깔려 있다기보다는 그 풍성하고 잘생긴 잎이 깔려 있다는 게 맞을 것이다. 밥풀만 한 크기의 작은 종이 조롱조롱 맺은 것 같은 흰 꽃은 잎 사이에 수줍게 고개를 숙이고 있었지만 앙큼하도록 농밀한 꿀샘을 가지고 있었다. 은방울꽃은 숙명의 교화였다.

「저문 날의 삽화 5」 뒷부분에는 "그는 겨울나무들의 아름다움에 감탄하며 한편 두터운 낙엽 밑에 잠들었을 은방울꽃의 뿌리를 생각했다"는 문장이 있다. 작가가 어린 시절을 보낸 고향과 노년을 보낸 구리 아차산에서 숙명의 교화校花인 은방울꽃을 발견하고 반가운 마음이 든 것 아닌가 싶다. 구리 노란집 마당에도 은방울꽃을 심었다. 작가가 언급했듯이 은방울꽃은 종 모양의 앙증맞은 꽃과 강한 향기가 특징이다. 박완서 소설에는 주로 원예종 꽃이 많이 등장한다. 그래서인지 그녀의 작품에서 은방울꽃이나 싱아 같은 야생화를 만나면 더욱 반갑다.

서울대공원에서 출발해 청계산을 오르다보면 매봉 근처에서 상당히 큰 은방울꽃 군락지를 만날 수 있다. 은방울꽃은 백합과에 속하는 여러해살이풀로 나무가 들어찬 숲속이나 숲 가장자리, 물 빠짐이 좋은 반그늘을 가장 좋아한다. 은방울꽃은 꽃송이가 작은 데다 넓적한 두 갈래 잎새 뒤에 숨어 있어서 서둘러 지나가다 보면 놓치는 경우가 많다.

두 갈래로 난 잎새를 들추면 작고 순결한 백색 꽃들이 조랑조랑 매달려 있다. '은방울꽃'이란 이름은 이 꽃의 모양을 따서 붙인 것이다. 수줍은 듯 고개 숙인 모습이 무척 귀엽다. 작은 꽃송이들은 여섯 갈래의 잎 끝이 뒤로 살짝 말려 있다. 봄바람이 살랑살랑 불면 진하면서도 맑은 꽃향기가 난다. 향이 좋아서 이 꽃으로 고급 향수나 결혼식 날 신부의 꽃다발을 만든다. 꽃이 지고 나면 한두 달 지나 빨갛고 동그란 열매가 달리는데 그 모습 역시 꽃쟁이들이 담고 싶어 하는 사진이다.

은방울꽃은 어린 순을 삶아 우려내 먹기도 하지만 독

은방울꽃은 꽃이 지고 나면 한두 달 뒤에 빨갛고 동그란 열매가 달린다.
생김새와 달리 강한 독성이 있다.

성이 있어서 주의해야 한다. 잎이 산마늘명이나물이나 박새와 비슷해 헷갈릴 수 있는데, 잘못 먹으면 심부전증을 일으켜 죽음에 이를 수 있는 독성 식물이다.

「저문 날의 삽화 5」의 주인공은 노년의 편안한 삶을 꿈꿨지만 아들의 교통사고로 뜻밖의 불행을 당한다. 은방울꽃은 앙큼하도록 농밀한 꿀샘을 갖고 있지만 강한 독성이 있는 반전의 꽃이다. 박완서가 그 꽃의 특징을 잘 이해하고 소재로 삼은 것 같다.

지붕 위에 앉은 보름달

「해산바가지」| 박

시어머니의 사랑이 담긴 소중한 바가지

박완서가 1985년 발표한 「해산바가지」를 읽고 '해산바가지'의 뜻을 알게 되었다. 해산 후 첫 국밥을 지을 때 쓰는 바가지라고 한다. 이런 용도의 바가지가 따로 있다는 것이다. 이 소설에서 해산바가지는 남녀를 차별하지 않는 생명 존중의 상징이었다.

딸을 출산한 며느리를 못마땅해하는 '나'의 친구와 산모를 문병 온 친지들이 나누는 대화에서 남아선호와 성차별적 이야기를 듣고 '나'는 혐오감을 느낀다. 산모의 친정어머니는 '나'의 친구를 보자마자 "뵐 면목이 없습니다"라며 울상을 짓는다.

이때 '나'는 자연스럽게 자신의 시어머니를 떠올린다. '나'의 시어머니는 그 사람들과는 달랐다. 인간의 생명을 어떻게 대접해야 하는지 아는 분이었다. '나'가 딸 넷을 낳고 아들을 낳았지만, 시어머니는 아들과 딸을 절대 차별하지 않고 한결같이 대했다.

내가 첫애를 뱄을 때 시어머님은 해산달을 짚어보고 섣달이구나, 좋을 때다, 곧 해가 길어지면서 기저귀가 잘 마를 테니, 하시더니 그해 가을 일부러 사람을 시켜 시골에 가서 해산바가지를 구해오게 했다.

"잘생기고, 여물게 굳고, 정한 데서 자란 햇바가지여야 하네. 첫 손자 첫 국밥 지을 미역 빨고 쌀 씻을 소중한 바가지니까."

이러면서 후한 값까지 미리 쳐주는 것이었다. 그럴 때의 그분은 너무 경건해 보여 나도 덩달아서 아기를 가졌다는 데 대한 경건한 기쁨을 느꼈었다.

시어머니는 주인공이 넷째 딸을 낳았을 때도 아기를 경건하게 맞았고 다음에 아들을 낳았을 때도 마찬가지로 대했다. 모두가 소중한 손주였기에 가장 정갈한 해산바가지로 밥을 하고 국을 끓인 것이다.

그런 시어머니가 어느 순간 노망이 들었다. 시어머니

의 병세가 심해질수록 '나'의 삶은 지옥으로 변했고 정신은 피폐해져 갔다. 그러나 '나'는 주위 사람들에게 무던하고 참을성 있는 효부로 보이려고 위선을 떨다 우울증에 걸린다. '나'는 신경안정제를 복용할 만큼 심신이 황폐해져 정신과 치료를 받는 지경에 이른다. 가족들은 결국 시어머니를 경치 좋고 정갈한 요양 시설에 모시기로 한다. 남편과 요양 시설을 보러가는 길에 '나'는 어느 초가지붕 위에 자리 잡은 박을 보게 된다.

초가지붕 위엔 방금 떠오른 보름달처럼 풍만하고 잘생긴 박이 서너 덩이 의젓하게 자리 잡고 있었다.
"여보. 저 박 좀 봐요. 해산바가지 했으면 좋겠네."
나는 생뚱한 소리로 환성을 질렀다.
"해산바가지?"
남편이 멍청하게 물었다.
"그래요, 해산바가지요."
실로 오랜만에 기쁨과 평화와 삶에 대한 믿음이 샘물처럼 괴어오는 걸 느꼈다.

시어머니는 어디서 따로 배운 적 없지만 저절로 "인간

초가지붕 위에 자리 잡은 커다란 박. 풍해가 잦은 지역에서
초가를 보호하기 위해 지붕 위에 길렀다.

©한국관광문화축제신문

의 생명을 어떻게 대접해야 하는지를 알고 있는 분"이었
다. 생각이 여기에 미치자 주인공은 시어머니가 얼마나
아름다운 정신이 깃든 분이었는지 잊은 자신을 반성하고
시어머니를 집에서 모시기로 결심한다. 다만 간호하는
방법을 바꾸어 효부인 척 위선 떨지 않기로 한다. 주인공
은 건강을 되찾았고 시어머니는 3년 후 평화롭게 임종을
맞는다.

햇님 보고 내외하던 박꽃 아가씨

박꽃은 여름에 피는 흰 꽃의 대명사다. 원산지는 아프리카와 열대 아시아다. 어릴 땐 초가집 지붕에서 흔히 볼 수 있었으나, 초가지붕이 사라지면서 박꽃도 보기 힘들어졌다. 요즘은 수목원에 가야 전시용으로 심어놓은 박을 겨우 볼 수 있다.

수박이나 참외, 오이 등 박과 식물들은 대개 노란 꽃이 피는데 박은 흰 꽃이 핀다. 박꽃은 달맞이꽃처럼 낮에는 꽃잎을 오므리고 있다가 초저녁부터 핀다. 사학자 문일평은 그의 저서 『화하만필』花下漫筆에서 글을 쓸 당시, 즉 1930년대에 "푸른 치마 밑에서/얼굴 감추고/햇님 보고 내외하던/박꽃 아가씨"라는 동요가 유행하고 있다고 소개했다. "햇님 보고 내외하던 박꽃 아가씨"라는 표현이 재미있다.

열매를 반으로 쪼개 흰 속을 파내고 삶아서 말리면 바가지가 된다. 반으로 쪼갠 두 박 가운데 허리가 잘록한 것이 표주박이다. 열매가 다 익기 전에 속을 파내고 껍질을 길게 자른 다음 말린 것이 반찬을 만드는 데 쓰는 박고지다.

그동안 나에게 '박꽃' 하면 떠오르는 인물은 조정래의

박꽃은 낮엔 꽃잎을 오므리고 있다가 초저녁부터 핀다. 여름이 되면 예쁜 흰색 꽃을 피운다.

대하소설 『태백산맥』에 나오는 소화였다. 소화는 "생김은 꽃 같고 마음은 어머니 같은 여자"인데, 소설에서 소화를 묘사하는 꽃이 박꽃이다.

소화素花는 '한 떨기 흰 꽃'이라는 뜻이다. 깡패 출신의 청년단장 염상구가 소화의 예쁜 얼굴과 날씬한 몸매를 보고 이름을 물어본 다음, 얼결에 "참말로 누가 진 이름인지 생김허고 딱 맞아떨어지는 이름"이라고 말하는 대목도 있다. '흰 꽃' 하면 대표적으로 떠오르는 꽃이 박꽃이다. 청순해 보이는 흰색이지만 은밀하게 신들린 듯 밤에만 피는 박꽃의 특징이 무당인 소화의 이미지와 잘 어울린다. 염상구뿐만 아니라 정하섭의 어머니 낙안댁도 소화가 박꽃 같은 여자라고 생각한다. 그러나 박꽃만으로는 예쁘고 야무진 소화를 표현하는 데 한계가 있는 것 같다. 어떻든 이제 '박꽃' 하면 『태백산맥』의 소화뿐만 아니라 「해산바가지」의 어진 시어머니도 떠오를 것 같다.

고부 간의 갈등에 얽힌 식물

예전엔 「해산바가지」의 시어머니와 며느리처럼 사이 좋은 고부는 흔치 않았던 모양이다. 옛날부터 전해 내려오는 고부 간의 갈등에 얽힌 식물 이름이나 꽃 이야기가 많다.

대표적인 것이 꽃며느리밥풀이다. 이 꽃은 입술 모양으로 벌어진 분홍 꽃잎 사이로 밥풀처럼 생긴 흰 무늬가 두 개 있어서 쉽게 구별할 수 있다. 이 꽃은 '며느리의 설움'이라는 슬픈 전설이 있다.

옛날에 며느리를 심하게 구박하는 시어머니가 있었다. 어느 날 며느리가 밥이 뜸 들었는지 보기 위해 밥알을 두 개 입에 물었다. 그때 갑자기 시어머니가 부엌에 들어와 "어른이 먹기도 전에 버릇없이 먼저 밥을 먹는다"고 심하게 꾸짖으며 모질게 때렸다. 그 바람에 며느리는 밥알을

꽃며느리밥풀은 입술 모양으로 벌어진 분홍 꽃잎 사이로 밥풀처럼 생긴 흰 무늬가 두 개 있다.

입에 문 채 쓰러져 죽었다. 동네 사람들이 양지바른 곳에 며느리를 묻어주자 이듬해 여름 무덤가에서 분홍색 꽃이 피어났다. 그런데 꽃잎에 하얀 밥알이 두 개씩 달려 있어서 그 꽃의 이름을 꽃며느리밥풀이라고 지었다는 것이다.

며느리밑씻개도 며느리를 구박한 시어머니 이야기가 전해 내려오는 꽃이다. 며느리밑씻개 줄기에는 사나운 가시가 수없이 돋아 있다. 잘못 손대면 상처가 날 수 있다. 종이가 귀하던 시절, 며느리를 못마땅하게 생각한 시어머니가 볼일 본 후 쓰라고 며느리에게 며느리밑씻개를

며느리밑씻개는 줄기에 사나운 가시가 수없이 돋아 있다.

던져주었다는 것이다. 길거리와 산기슭에 흔한 며느리밑씻개를 실제로 보면 가시가 정말 험악하게 생겼다. 며느리가 얼마나 미웠으면 이런 식물을 밑씻개로 쓰라고 던져주었을까.

며느리밑씻개라는 이름이 혐오감을 줄 수 있으니 이 식물의 이름을 바꾸자는 의견이 있다. 여뀌속屬이고 가시가 달린 덩굴이니 가시덩굴여뀌로 바꾸자는 것이다. 국가표준식물목록에 이명異名, 일부에서 쓰는 이름으로 올라 있는 이름이기도 하다. 사광이아재비로 하자는 의견도 있지만 너무 낯설다는 반대가 많다. 그러나 며느리밑씻

며느리배꼽 열매는 8-9월에 푸른색에서 검은색으로 변하면서 익는다.
턱잎이 줄기를 완전히 감싸고 있다.

개가 부인병 치료에 효과가 있는 점을 들어 시어머니가
며느리에게 치료하라고 준 식물이라서 그런 이름이 생겼
을 수 있다는 반론도 있다. 며느리를 구박하는 것이 아니
라 며느리에 대한 사랑이 담긴 이름이라는 주장이다.

며느리밑씻개와 비슷한 덩굴식물로 며느리배꼽이라는
예쁜 이름을 지닌 식물도 있다. 이 식물 역시 우리 주변
에서 흔히 볼 수 있다. '며느리배꼽'은 줄기를 둘러싸고
있는 턱잎에 검은 열매가 맺힌 모습이 며느리 배꼽을 닮
았다고 붙여진 이름이다.

며느리밑씻개와 며느리배꼽은 열매와 잎으로 구분할

수 있다. 며느리밑씻개는 별사탕처럼 생긴 옅은 분홍색 꽃이 피고, 잎은 뾰족한 세모꼴이다. 또 잎자루가 잎의 밑부분에 붙어 있다. 반면 며느리배꼽의 열매는 푸른색에서 검은색으로 변하고, 잎은 둥근 세모꼴이다. 잎자루는 잎의 안쪽잎의 배꼽 부근에 붙어 있다. 두 식물은 무엇보다 줄기를 감싼 턱잎 모양이 다르다. 며느리배꼽은 턱잎이 줄기를 완전히 감싸고 있지만, 며느리밑씻개는 턱잎이 다 둘러싸지 못하고 갈라져 있다.

요즘도 고부 간의 갈등은 있겠지만 오히려 시어머니가 며느리 눈치를 보게 된 지 오래다. 1979년에 출간된 박완서의 단편소설 「황혼」에서도 갈등의 주도권이 이미 며느리에게 넘어가 있고, 시어머니는 며느리의 구박에 전전긍긍하는 것을 볼 수 있다.

「해산바가지」의 시어머니는 생명을 대접하는 법을 아는 아름다운 정신이 깃든 분이었다. 고부 간의 갈등에서 누가 주도권을 쥐느냐의 문제보다 인간에 대한 이해와 존중이 우선되어야 함을 작품은 잘 보여준다.

마음에 핀 꽃을 그리다

고향 박적골에 핀 꽃들

이른 봄부터 늦가을까지 앞뜰에 피는 꽃

박완서의 고향은 경기도 개풍군 청교면 박적골이었다. 개성에서 고개를 네 개 넘어 남쪽으로 20리가량 가야 하는 산골 마을이었다. 박적골은 뒷동산이 있고 핏줄처럼 도처에 개울이 흐르는 동네였다. 작가는 거기서 "자연의 일부"로 자랐다고 한다.

너른 뒤란과 앞뜰에선 이른 봄부터 늦가을까지 쉬지 않고 꽃들이 피었다 지곤 했다.

작가가 꽃을 사랑하고 그 꽃을 소설 곳곳에 피게 한 것은 이 같은 성장 환경의 영향을 받지 않았을까. 작가의 소설과 산문집을 중심으로 그녀의 고향 박적골에 피고 지던 꽃들을 살펴보자.

시골에서 태어났기 때문에 어려서부터 많은 꽃을 보며 자랐다. 앞뜰 뒤뜰뿐 아니라 담 모퉁이나 뒷간 가는 길에도 채송화·금잔화·봉숭아·맨드라미·분꽃·한련 따위가 지천으로 피고 졌다. 따로 씨를 뿌리지 않았는데도 집 근처엔 어디든지 그런 것들이 자랐기 때문에 산과 들에 민들레나 자운영, 제비꽃이 저절로 나는 것처럼 그런 것들은 사람 사는 마을엔 저절로 나는 줄 알았다.

작가의 산문집『노란집』에 실려 있는「눈독, 손독을 좀 덜 들이자」이다. 굳이 설명이 필요 없는, 하나같이 우리가 자랄 때 시골집 화단이나 장독대 부근에서 흔히 본 꽃들이다. 박완서 소설 곳곳에 이 꽃들이 빛나는 보석처럼 박혀 있다. 채송화는「그 가을의 사흘 동안」에, 분꽃은『그대 아직도 꿈꾸고 있는가』등 여러 작품에 등장한다.
한련화는 우리나라 기후와 환경에 잘 맞아 도심 화분이나 화단에서 흔히 볼 수 있는 대표적인 원예종 꽃이다. 원산지가 남아메리카로, 봄에 씨를 뿌리면 초여름부터 가을까지 꽃을 볼 수 있다. 잎이 연꽃잎처럼 생긴 것이

한련화는 잎이 연잎처럼 생겼고 노란색, 오렌지색, 분홍색, 진홍색 등
다양한 색의 꽃을 피운다. 도심 화분이나 화단에서 흔히 볼 수 있는 원예종이다.

특징이다. 잎줄기 사이로 긴 꽃대가 나오고 이 꽃대의 끝
부분에 노랑, 오렌지, 분홍, 진홍색 등 다양한 색의 꽃이
한 송이씩 핀다. 잎이나 꽃에서 개운한 매운맛이 나서 식
용으로 쓰이기도 하다.

작가는 글 곳곳에서 한련화처럼 고향집에 핀 꽃들에
대해 특별한 애정을 보인다. 산문집 『두부』에서 서울 집
에 살 때 봄비 내리는 날 꽃 얻으러 다닌 일을 회상하면
서 "내 소원은 채송화나 한련 따위를 서울 집에서도 시골
뒤란이나 담 모퉁이에서처럼 예쁘게 피게 하는 거였다"
고 고백했다. 수의壽衣 이야기를 다룬 작가의 단편 「꽃잎

속의 가시」에서 불란서 양장점 여자를 "오렌지 빛 루주를 진하게 바른 입술이 한련꽃을 문 것처럼 생생하게 도드라져 보였다"라고 묘사하는 구절이 나온다.

뒤뜰에서 해마다 절로 자라는 꽃

박완서의 자전소설 『그 많던 싱아는 누가 다 먹었을까』 앞부분에는 작가의 고향 집 뒤란이 손에 잡힐 듯 그려져 있다.

우리 집 뒤란도 한겨울 빼놓고는 줄창 꽃을 볼 수 있는 작은 동산이요, 넉넉한 놀이터였다. 장독대도 뒤란에 있었고 터줏대감을 모신 터줏자리도 뒤란에 있었다. 울타리는 개나리로 치고 열매 맛은 별로지만 꽃이 장한 돌배나무와 개살구나무가 한 그루씩 있었고, 앵두나무가 여러 그루, 그리고 바닥에선 딸기가 해마다 저절로 자랐고 터줏자리 근처는 부추가 자생해서 저절로 음침한 분위기를 만들고 있었다. 개나리 울타리 밑에선 꽈리가 지천으로 자랐고 장독대로 올라가는 둔덕은 층층의 단을 만들어 일년초를 심도록 돼 있었다.

돌배나무는 우리나라의 산과 민가 주변에서 볼 수 있는 나무다.
4-5월에 흰색 꽃이 피며 한 꽃 속에 수술과 암술이 모두 있다.

이 식물들 가운데 "개나리 울타리 밑 꽈리"는 단편소설 「그 여자네 집」에 자세히 나온다.

돌배나무는 우리나라의 야생 배나무 가운데 하나로, 산과 민가 주변에서 볼 수 있는 나무다. 가을에 익는 열매들은 지름이 3센티미터 정도라서 작지만 하얀 꽃과 귀여운 열매를 보기 위해 마당에도 심었다고 한다.

뒷동산에 핀 꽃들에 대해서는 산문집 『꼴찌에게 보내는 갈채』에 수록된 「내가 잃은 동산」에 잘 나와 있다.

우리 뒷동산에선 삽죽나물이 많이 났다. 삽죽은 우리 집

안사람들한테 가장 환영받는 산나물이어서 종댕이가 넘치게 삽죽나물을 한 날은 얼마나 자랑스러웠는지 모른다. 여름에 도라지나 무릇을 캐내는 것도 신나는 일이었다. 도라지는 밭머리에도 자생했지만 산에서 캐온 산 도라지를 어른들은 귀히 여겼고 도라지나 무릇이 다 소박하고 고운 꽃으로 자신의 존재를 알렸다. (…)

나무는 소나무·잣나무·밤나무·떡갈나무·상수리나무·참나무 등이 주종을 이루었고 돌배나무나 동백나무도 있다는 것은 봄에 꽃 필 때나 드러나곤 했다. 우리 고장에선 이른 봄 진달래꽃 필 무렵과 거의 같은 때 가장귀 끝에나 노란 조밥 같은 꽃이 피는 나무를 동백나무라고 불렀다. 붉디붉은 화려한 꽃이 피는 진짜 동백나무를 본 것은 어른이 된 후였다.

삽죽나물은 삽주를 이르는 것이다. 삽주는 국화과에 속한 여러해살이풀이다. 우리나라 전국 숲 어디서나 자란다. 잎 가장자리에 날카로운 가시가 나 있다. 꽃은 암수딴그루로 피는데, 여름부터 가을 내내 여러 개의 꽃이 둥글게 모여 달린다. 뿌리는 아주 길고 굵으며 단단하게 잘 발달한다. 봄철에 돋아나는 어린순은 쌉쌀한 맛이 나

삽주는 숲에서 자라는 국화과 여러해살이풀이다. 잎 가장자리에 날카로운
톱니가 있고, 꽃은 7-10월 흰색으로 핀다.

산나물로 먹는다.

무릇은 한여름에 꽃이 피는 여러해살이풀이다. 무릇도
우리나라 전국에서 볼 수 있다. 주 서식지는 숲 가장자리
나 숲속인데 주변에 키 큰 나무들이 없어 햇볕을 잘 받을
수 있는 곳이 적합하다. 무릇은 분홍빛 작은 꽃송이들이
마치 촛불처럼 줄기 끝에 모여 예쁘게 달린다. 뿌리를 캐
면 길이 2-3센티미터의 둥근 비늘줄기가 나오는데 이것
을 고아 먹기도 한다. 무릇과 이름이 비슷한 꽃무릇은 석
산石蒜의 다른 이름이다.

작가가 이른 봄 "노란 조밥 같은 꽃이 피는 나무"를 동

석산(꽃무릇) 사이에 무릇이 피었다. 무릇은 분홍빛 작은 꽃송이들이
줄기 끝에 모여 달린다. 뿌리를 캐면 길이 2-3센티미터의 둥근 비늘줄기가 있다.

백나무라고 불렀다는 부분을 주목해보자. 이 나무가 바로 생강나무다. 김유정의 단편소설 「동백꽃」에는 이상한 점이 하나 있다. "그 바람에 나의 몸뚱이도 겹쳐서 쓰러지며 한창 피어 퍼드러진 노란 동백꽃 속으로 폭 파묻혀 버렸다"와 같이 '노란 동백꽃'이 나오는 것이다.

동백꽃은 대부분 붉은색이고 어쩌다 흰 꽃이 있는 정도다. 그런데 김유정은 왜 노란 동백꽃이라고 했을까. 답은 김유정이 말한 '동백'은 상록수 동백나무가 아니라 생강나무라는 데 있다. 강원도에서는 오래전부터 생강나무

생강나무는 초봄에 연한 노란색 꽃이 핀다. 중부지방에선 동백나무라고 불렀다.
잎과 줄기에서 생강향이 나서 생강나무라는 이름이 붙었다.

를 '동백나무' 또는 '동박나무'로 불렀다. 김유정은 강원
도 사람이었기 때문에 작품 속에 생강나무를 뜻하는 노
란 동백꽃이 등장하는 것이다. 박완서 작가의 고향에서
도 생강나무를 동백나무라고 불렀던 모양이다. '생강나
무'는 잎을 비비거나 가지를 자르면 생강 냄새가 난다고
해서 붙은 이름이다.

　『그 많던 싱아는 누가 다 먹었을까』를 보면 잡초로 소
꿉놀이하는 장면이 나온다.

괭이밥은 햇볕이 잘 드는 들이나 길가에서 저절로 자란다. 노란 꽃이 피고
풀 속에 '옥살산'이라는 성분이 있어서 씹으면 신맛이 난다.

풀로 각시를 만들어 쭉 찌어 시집보낼 때, 게딱지로 솥을
걸고 솔잎으로 국수 말고 새금풀로 김치를 담갔다. 마지
막으로 쇠비름 뿌리를 뽑아 열심히 "신랑 방에 불 켜라.
각시 방에 불 켜라" 주문을 외면서 손가락으로 비벼서 새
빨갛게 만들어서 등불을 밝혀주었다. 가지고 놀 것은 무
궁무진했고 우리는 한 번도 어제 놀던 걸 오늘 또 가지고
놀 필요가 없었다.

여기서 새금풀은 무엇일까. 도감은 물론 사전에도 나
오지 않는 단어였다. 아이들이 갖고 놀 정도면 흔한 풀일

것 같은데 뭘까. 인터넷과 여러 책을 찾아본 끝에 이 식물이 괭이밥의 방언이라는 것을 알았다.

괭이밥은 양지바른 뜰이나 둑, 길가, 인가 부근에서 흔히 볼 수 있는 풀이다. 맹렬하게 씨를 퍼뜨리고 주변을 덮을 정도로 왕성하게 자라는 대표적인 잡초다. 괭이밥은 밤이나 흐린 날에는 입을 잔뜩 오므리는 습성이 있다. 밤에만 꽃이 피는 달맞이꽃과 반대다. 여름에 노란 꽃이 피고 풀 속에 '옥살산'이라는 성분이 있어서 씹으면 신맛이 난다. 고양이^{괭이}가 좋아하는 먹이라고 해서 '괭이밥'이라는 이름이 붙었다.

박적골 풀꽃 중에서 모두를 아우를 수 있는 하나를 고르라면 당연히 싱아다. 박완서는 싱아가 "시골 산야에서 스스로 먹을 수 있었던 풍부한 먹거리 가운데 하나"였다며 "산딸기나 칡뿌리, 새금풀로 바꿔 놓아도 무방하다"고 말했다.

구리 노란집에 핀 꽃들

차례로 자라는 식물을 기다리는 마음

박완서 작가는 1998년부터 2011년 별세할 때까지 구리 아치울마을 노란집에 살았다. 이 집 마당엔 꽃이 많이 피고 졌다. 작가는 지인들에게 "우리 집 마당에 백 가지도 넘는 꽃이 핀다"고 자랑했다. "복수초 다음으로 피어날 민들레나 제비꽃, 할미꽃까지" 다 합치면 백 가지가 넘었다. "흐드러지게 피는 목련부터 눈에 띄지도 않는 돌나물꽃까지를 합쳐서 그렇다는 소리"였다. 어떻게 그 수를 다 셀 수 있었을까. 작가는 "그것들은 차례로 오고, 나는 기다리기 때문"이라고 했다. 노란집 마당에 어떤 꽃들이 피었는지 박완서의 산문집 『호미』를 중심으로 알아보자. 이 책 「꽃 출석부 1」에는 다음과 같은 문장이 있다.

복수초는 숲에서 자라는 여러해살이풀로 이른 봄에 가장 먼저 꽃을 피운다.
눈이 채 녹기도 전에 노란 꽃이 피어 하얀 눈과 대비를 이룬다.

아마 3월이 되자마자였을 것이다. 샛노란 꽃 두 송이가
땅에 닿게 피어 있었다. 하도 키가 작아서 하마터면 밟을
뻔했다. 그러나 빛깔은 진한 황금색이어서 아직 아무것도
싹트지 않은 황량한 마당에 몹시 생뚱스러워 보였다. 그
리고 곧 큰 눈이 왔다. 아무리 눈 속에서도 피는 꽃이라
고 알려져 있어도 그 작은 키로 견디기엔 너무 많은 눈이
었다. (…) 놀랍게도 제일 먼저 녹은 데가 복수초 언저리
였다. 고 작은 풀꽃의 머리칼 같은 뿌리가 땅 속 어드메서
따뜻한 지열을 길어 올렸기에 복수초는 그 두터운 눈을
녹이고 더욱 샛노랗게 더욱 싱싱하게 해를 보고 있었다.

복수초는 박완서의 노란집 마당뿐만 아니라 우리나라에서 제일 먼저 봄소식을 전하는 꽃이다. 해마다 2월 중순쯤 신문에 복수초가 눈을 뚫고 핀 사진이 실리는 것을 볼 수 있다. 한자로 복 복福 자에 목숨 수壽 자, 즉 복을 많이 받고 오래 살라는 뜻이다. 그러나 복수가 앙갚음한다는 뜻으로 더 많이 쓰이니 이름을 '얼음새꽃'이나 '눈색이꽃'으로 바꾸자는 의견이 많다.

작가는 황금색 복수초를 중학생 아들의 교복 단추에 비유했다. 「꽃 출석부 2」에서 저만치 샛노랗게 빛나는 복수초를 보고 "순간 중학생 아들의 교복 단추가 떨어져 있는 줄 알았다"고 했다.

복수초를 반기고 나서 역시 작은 봄꽃들이 있던 자리를 살펴보니 노루귀가 희미한 분홍색으로 피어 있다. 그 조그만 것들이 어쩌면 그렇게 순서를 잘 지키는지 모르겠다. 그 작고 미미한 것들이 땅속으로부터 지상으로 길을 내자 사방 군데서 아우성치듯 푸른 것들이 돋아나고 있다. 작은 것들은 위에서 내려앉은 것처럼 사뿐히 돋아나지만 큰 잎들은 제법 고투의 흔적이 보인다.

상사초 잎은 두껍고 딱딱한 땅에 쩍쩍 균열을 일으키며

봄꽃의 선봉대인 노루귀. 흰색, 분홍색, 청색 꽃이 피며 깔때기처럼
말려 나오는 잎이 노루의 귀를 닮아서 노루귀라는 이름이 붙었다.

솟아오른다. 상사초는 잎은 그렇게 실하고 건강하다. 그
래도 제까짓 게 고작 풀인데 굳은 땅을 그렇게 갈라놓
다니.

노루귀는 초봄 야생화의 대명사인데 어떻게 노란집 마
당까지 진출했는지 궁금하다. 숲속에서 자라는 미나리아
재비과 여러해살이풀이다. 복수초, 변산바람꽃, 얼레지
등과 함께 가장 먼저 피는 봄꽃의 선봉대다. 3-4월 잎이
나기 전에 꽃줄기가 먼저 올라와 앙증맞은 꽃 한 송이가
하늘을 향해 핀다. 꽃 색깔은 흰색, 분홍색, 보라색 등이

얼레지는 이른 봄 꽃대가 올라와 자주색 꽃잎을 뒤로 확 젖히는 파격적인 꽃이다.
옛날에는 뿌리줄기를 캐서 약으로 달여 먹었다.

다. '노루귀'라는 귀여운 이름은 깔때기처럼 말려서 나오
는 잎 모양과 꽃싸개잎, 줄기에 털이 많이 난 모양이 노
루의 귀 같다고 해서 붙여진 이름이다.

상사초는 상사화를 말할 것이다. 상사화는 꽃을 피울
때 잎을 볼 수 없고, 잎이 있을 때는 꽃을 볼 수 없다. 그
래서 꽃과 잎이 서로를 그리워한다고 이름이 상사화다.
고향은 중국이지만 아주 오래전부터 우리나라에 들여와
심어 우리에게 친근한 꽃이다. 주로 사찰 주변에 심어놓
았고 시골집 마당이나 수목원에서도 많이 볼 수 있다.

봄에 나온 잎은 열심히 광합성을 해서 양분을 알뿌리

상사화는 초봄에 올라온 잎이 초여름에 사라진 다음, 꽃대가 올라와
연분홍색 꽃이 피는 사이클을 갖는다. 상사화라는 이름은
꽃과 잎이 만나지 못해 그리워한다고 붙여진 것이다.

©국립수목원

에 저장하고 6-7월에 마른다. 그런 다음 8월쯤 굵은 꽃대
가 올라와 그 끝에 큼지막한 분홍색 꽃송이가 4-8개 달
린다. 진노랑상사화 등 색깔이나 모양이 조금씩 다른 상
사화가 여러 종류 있다. 붉은 꽃무리들이 장관을 이루는
석산꽃무릇도 상사화와 속屬이 같은 형제지간인 꽃이다.
작가의 맏딸 호원숙은 『엄마는 아직도 여전히』에서 "나
는 노란집 마당에 핀 상사화꽃을 보며 소리도 내지 못하
고 엄마를 부른다"면서 "하나의 꽃대에서 넉넉하게 대여
섯 송이가 피어나는 다산성까지도 엄마를 생각하게 한
다"고 썼다.

자연이 한 일은 다 옳다

복수초나 노루귀, 상사화는 작가가 심었기 때문에 자
랐을 것이다. 그러나 이 마당엔 심지 않아도 저절로 나는
꽃도 지천이었다. 『호미』의 「돌이켜보니 자연이 한 일은
다 옳았다」에 나오는 글이다.

그러나 우리 마당 아니면 누가 나를 새벽부터 불러내어
육체노동을 시키겠는가. 나무그늘이나 꽃밭으로 남겨놓
은 맨땅에서는 잡풀만 나는 게 아니다. 쑥, 씀바귀, 돗나

돌나물은 줄기와 잎 전체가 통통한 다육질 식물이다. 8-9월에 노란색 꽃이 피며
어린 줄기와 잎을 먹을 수 있다.

물, 부추도 지천으로 난다. 저녁 반찬을 위해, 김치를 담그기 위해, 이슬 젖은 그런 것들을 소쿠리에 소복이 따 담는 맛을 무엇에 비길까. 우리 마당에서 난 거라고 그런 것들을 딸네나, 이웃하고 나누기도 한다. 우리 마당에서 지천으로 나는 돗나물을 건강식품이라고 반색하는 사람도 있다.

돗나물의 추천명은 돌나물이다. 줄기는 옆으로 기면서 뿌리를 내리며 자라는데, 생명력이 아주 왕성해 거친 땅이든 바위틈이든 가리지 않고 순식간에 주변을 장악하는 식물이다. 쑥이나 씀바귀도 조금만 방심하면 일대를 금방 점령하는 풀이다. 작가는 『노란집』의 「봄의 끄트머리, 여름의 시작」에서 이 마당에서는 저절로 자라 핀 꽃 가운데 붓꽃과 창포도 있었다고 한다.

모란이 봄의 끄트머리라면 붓꽃은 여름의 시작이다. 창포하고 붓꽃은 내가 심은 바 없는데 언제부터인지 마당 예서제서 나기 시작했다. 민들레 씨앗처럼 바람에 날리는 가벼운 씨앗이 있는 것 같지도 않은데 저절로 난 게 신기했다. 그것들은 어디서부터 왔을까. (…) 둘은 거의 같은 시기에 피기 때문에 노란색과 보라색이 어울려 만개했을 때는 그 연못이 이 세상 연못 같지 않아진다.

글에는 붓꽃과 창포라고 했지만 보라색과 노란색이라고 한 것으로 보아 붓꽃과 노랑꽃창포를 말하는 것 같다. 사람들이 많이 헷갈리는 꽃 이름이다. 창포도 물가에서 자라는 여러해살이풀이지만, 여름이면 꽃자루 중간에 손가락 모양의 길쭉한 꽃차례가 달리는 식물이라 집에서 기르기는 힘들다. 단오날 여자들이 잎을 끓여 머리를 감았다는 식물이 바로 이 창포다. 창포는 천남성과로 붓꽃

붓꽃(위)은 꽃 안쪽에 붓으로 그린 듯한 줄무늬가 있다. 노랑꽃창포(아래)는
물가에서 자라며 노란 붓꽃이라 할 수 있다.

꽃창포는 붓꽃과 비슷하게 생겼지만 꽃잎 안쪽에 노란색 무늬가 있는 점이 다르다.
꽃이 피는 창포라고 해서 꽃창포라는 이름이 붙었다.

과는 과科가 다르다.

붓꽃과 꽃창포는 꽃 색깔이 같은 보라색이라서 얼핏 보면 거의 비슷하지만 꽃창포는 꽃잎 안쪽에 노란색 무늬가, 붓꽃 안쪽에는 붓으로 그린 듯한 줄무늬가 있는 점이 다르다. 붓꽃은 주로 화단처럼 건조한 곳에서 자라고 꽃창포는 물가에서 많이 자라지만 두 식물을 함께 심기도 하기 때문에 서식지를 구분하는 것은 의미가 없다.

정리해보면 노란색 꽃은 노랑꽃창포고, 보라색 꽃은 붓꽃 아니면 꽃창포인데 줄무늬가 있으면 붓꽃, 노란 무늬가 있으면 꽃창포다. 손가락 모양의 꽃차례가 있는 창

창포는 천남성과로 붓꽃과는 전혀 다른 식물이다. 햇볕이 잘 들어오는 물웅덩이나
물이 잘 빠지지 않는 습지에서 잘 자란다.

포는 이들과는 생김새가 많이 다르다.

박완서는 마당에 있는 꽃들의 이름을 불러주기 위해
애쓴 것 같다. 산문집 『세상에 예쁜 것』에 수록된 「봄까
치꽃 개불알꽃」에서 작가는 "내가 우리 마당에 있는 꽃
들의 이름이라도 다 익히려고 하는 것은 계절이 바뀔 때
마다, 그리고 거의 매일 아침 그것들이 나에게 기쁨을 주
기 때문이고, 제때 안 보이면 궁금하기 때문"이라면서
"그런 교감 때문에 식구 같다 보니 이름을 모르면 토라질
것 같은 느낌까지 들 때가 있다"고 했다.

노란집 마당에는 나무도 많았다. 집을 지을 때 목련 나

무를 베어냈지만 거듭 다시 살아나 결국 항복하고 말동무 삼았다는 일화는 작가의 여러 글에 나와 있다.『그 산이 정말 거기 있었을까』에 여러 번 나오는 꽃나무다. 마당엔 능소화와 박태기나무도 있었다. 능소화는『아주 오래된 농담』에, 박태기나무꽃은「친절한 복희씨」에 나온다. 작가는「돌이켜보니 자연이 한 일은 다 옳았다」에서 "그러는 사이 목련과 매화, 살구꽃, 앵두꽃, 자두꽃이 거의 같은 시기에 피고, 조팝나무, 라일락이 그다음을 잇는다"며 "그것들이 한꺼번에 피었을 때 나는 나의 작은 집과 함께 붕 공중으로 떠오를 것 같은 황홀감을 맛본다"고 했다.

박완서가 마당에 있는 나무 가운데 가장 자랑스러워한 나무는 살구나무였다. 작가는 산문집『못 가본 길이 더 아름답다』에 수록된「유년의 뜰」에서 "이 집을 보자마자 마음에 들었던 것은 커다란 살구나무 때문이었다. 내 고향 집에도 살구나무가 있었고 그건 그 마을 유일한 살구나무여서 봄에 그 꽃이 활짝 피면 온 동네가 다 환해졌다. (…) 나는 특별히 부탁해서 살구나무만은 다치지 않게 했다"고 썼다. "마당에 있는 나무 중 가장 크고 잘생긴 나무"이고 "꽃은 또 얼마나 화사하게 피는지 벚꽃을 닮

살구꽃은 4월에 잎보다 먼저 피고 연한 붉은색을 띤다. 매화와 비슷하게 생겼지만
꽃이 피면서 꽃받침이 뒤로 젖혀지는 점이 다르다.

았으면서도 벚꽃보다 덜 헤퍼서 훨씬 품위 있어 보인다"
고 했다. "겨울에 잎을 떨구고 서 있는 모습이 잔가지는
생략되고 큰 가지만 보이는 게 꼭 박수근이 그린 나목을
닮았다"고도 했다. 그래도 작가가 이 나무를 가장 좋아한
이유는 고향 집에 있던 바로 그 살구나무와 비슷했기 때
문일 것이다.

작가는 "살아가면서 신기한 것은 우리 마당이 저절로
내 유년의 뜰을 닮아간다는 것"(『못 가본 길이 더 아름답다』, 「유
년의 뜰」)이라고 했다. 그런데 작가가 이사한 다음 가장 먼

저 한 일은 분꽃, 과꽃, 봉숭아, 백일홍, 한련, 꽈리 등 "내 유년의 뜰의 촌스러운 화초를 사다 심거나 씨를 얻어 뿌리는 일"『두부』, 「마음 붙일 곳」이었다. 노란집 마당이 박적골 뜰을 닮아가는 것이 아니라, 실은 작가가 고향 집과 비슷한 집을 고르고 고향 꽃들을 차례로 심은 결과인 것이다.

이름 모를 꽃은 없다

작가는 사물의 이름을 아는 자

소설가 김영하는 2017년 tvN 프로그램 「알쓸신잡」에서 박완서 작가와의 일화를 소개했다. 박완서가 생전에 "작가는 사물의 이름을 아는 자인데 요즘 젊은 작가들은 게을러서인지 '이름 모를 꽃'이라는 표현을 쓰더라"고 질책한 적이 있다는 것이다. 그러면서 김영하는 "사물을 향한 관심과 사랑을 갖게 되는 것은 사물의 이름을 알면서부터"라며 "이름을 아는 순간 다 다르게 보인다"고 했다. 이 일화를 보면, 박완서 소설에 나오는 많은 꽃의 특징을 정확하게 표현한 것이 우연이 아니라는 것을 알 수 있다. 특히 "작가는 사물의 이름을 아는 자"라는 말은 선언적이기까지 하다.

작가는 이 많은 꽃의 이름과 특징을 어떻게 알았을까.

박완서의 단편소설 「티타임의 모녀」에서 야생화에 빠진 남편은 "식물도감 같은 책을 사다가 사진과 대조해봐도 긴가민가할 때는 일부러 주인을 찾아가 물어보기도 했다." 아마 작가도 이렇게 꽃 이름을 익히지 않았을까 싶다. 소설 속 남편도 작가처럼 "이름을 알면 꽃이 다르게 보이거든"이라고 말한다. 박완서의 장편소설 『그 남자의 집』에도 주인공이 그 남자네 집 마당에 있는 나무가 보리수인지 확인하기 위해 수목도감을 찾는 장면이 있다.

작가는 구리 아치울마을 노란집 마당에서 수많은 꽃을 가꾸었다. 작가의 산문집 『호미』에서 「꽃 출석부 1·2」를 읽다보면 숨 가쁠 정도로 많은 꽃 이름이 나온다. 작가는 이 책에서 "꽃이나 흙에게 말을 거는 버릇이 생겼다"고 했다. "일년초 씨를 뿌릴 때도 흙을 정성스럽게 토닥거리면서" 말을 걸고 "싹 트면 반갑다고, 꽃 피면 어머머, 예쁘다고 소리 내어 인사"하는 것이다. "꽃이 한창 많이 필 때는 이 꽃 저 꽃 어느 꽃도 섭섭지 않게 말을 거느라, 또 손님이 오면 요 예쁜 짓 좀 보라고 자랑하느라" 수다쟁이가 된다고 했다.

이렇게 애정을 품고 꽃을 대하기에 꽃의 특징을 잘 알고 글의 적재적소에 쓸 수 있었을 것이다. 박완서 소설에 나오는 생소한 단어들을 모은 『박완서 소설어 사전』이 있는데, '박완서 소설 꽃 사전'을 만들어도 분량이 상당할 것 같다.

"작가라면 꽃 이름 제대로 불러야지"

박완서뿐만 아니라 김동리와 김정한도 "작가가 '이름 모를 꽃'이라는 표현을 쓰면 안 된다"고 후배 문인들을 꾸짖었다는 일화가 있다.

문순태는 1970년대에 자신의 습작 소설을 완성하면 서울 동대문구장 뒤편 김동리 작가 집으로 달려갔다. 김동리는 문순태의 원고를 읽다가 "마을에 들어서자 이름 모를 꽃들이 반겼다" 같은 표현이 나오면 원고를 던져버렸다고 한다. 그러고는 "이름 모를 꽃이 어디 있어! 네가 모른다고 이름 모를 꽃이냐!"는 호통이 이어졌다는 것이다. 김동리는 "작가라면 당연히 꽃 이름을 물어서라도 알아야지. 끈적거리는지 메마른지 꽃잎도 만져보고, 냄새도 맡아봐서 아주 구체적으로 묘사해야지"라고 문순태를 나무랐다고 한다. 자신도 농부들에게 꽃 이름을 물어가며 「패랭이꽃」이라는 시를 쓴 일화도 알려주었다는 것이다. 문순태는 "그 말을 듣고 곧바로 서점으로 달려가 식물도

패랭이꽃은 바위틈처럼 메마르고 척박한 곳에서도 아름다운 꽃을 피운다.
꽃을 뒤집어 보면 패랭이처럼 생겼다고 패랭이꽃이라는 이름이 붙었다.

감을 샀다"며 "그 후로는 습지식물인 물봉선이 '산꼭대기
에 피어 있었다' 같은 잘못을 하지 않을 수 있었다"고 말
했다.

「사하촌」과 「모래톱 이야기」를 쓴 김정한도 후배 문인
들이 '이름 모를 꽃'이라는 표현을 쓰면 "세상에 이름 모
를 꽃이 어딨노! 이름을 모르는 것은 본인의 사정일 뿐,
이름 없는 꽃은 없다! 모름지기 시인이나 소설가라면 꽃
이름을 불러주고 제대로 대접해야지!"라고 꾸짖었다. 김
정한의 문학과 생애를 기리는 부산 요산문학관에는 그가
직접 익모초, 광대나물, 배초향, 꿀풀 등 주변 식물들을

그려가며 정리한 식물도감이 남아 있다.

문학평론가 김윤식은 한 기고문에서 이 식물도감 등을 거론하며 "엄숙한 문학 정신의 영역"이라고 했다. 그래서 인지 김정한의 대표작 가운데 하나인 「모래톱 이야기」에 도 "쑥쑥 보기 좋게 순과 잎을 뽑아 올리는 갈대청" "울 타리 너머로 보이는 길찬 장다리꽃무나 배추의 꽃줄기에 핀 꽃" "사립 밖에 해묵은 수양버들 몇 그루" 등과 같이 식물에 대한 생생한 표현이 많다.

명실공히 한국을 대표하는 작가 박완서, 김동리, 김정 한은 그들이 추구하는 작품관이 서로 달랐다. 그런데 놀 랍게도 작품에 풀꽃 이름을 정확히 써야 한다면서 후배 문인들을 꾸짖은 비슷한 일화를 남긴 것이다.

『당신들의 천국』을 쓴 이청준 작가도 '식물 박사'였다. 그와 함께 답사를 가면 풀과 나무 이름을 끝없이 들을 수 있었다고 한다. 식물에 대해 누구보다도 잘 안다고 자부 했던 작가 홍성원이 식물 얘기를 하면 가만히 듣고 있다 가 막히거나 틀린 부분을 지적할 정도였다. 이청준 추모 사업회 회장 김병익은 그래서인지 "선생의 글에는 생생 하고 정확한 식물 표현들이 가득하다"고 했다.

윤대녕 작가 또한 소설 속에 꽃을 잘 녹여낸다. 「3월의

중국이 원산지인 산수유는 4월에 꽃이 핀 뒤 순이 자란다. 보통 열매를 얻기 위해 심으며, 열매는 말려서 한약재로 사용한다.

전설」「탱자」「천지간」「도자기박물관」「반달」「상춘곡」 등 셀 수 없이 많은 작품에 꽃이 등장한다. 윤대녕의 중편소설 「3월의 전설」은 꽃으로 시작해 꽃으로 끝나는 작품이다. 구례 산수유마을의 산수유와 화개 벚꽃, 매화가 필 때의 섬진강을 배경으로 화려하게 펼쳐지는 봄꽃들을 감상하는 것이 이 소설을 읽는 재미다.

큰 고모의 생애를 다룬 윤대녕의 단편소설 「탱자」를 읽고 여운이 오래 남았다. 수작秀作은 이런 것이구나 하는 생각이 절로 들었다. 이 소설에서는 제목인 탱자가 큰 고모의 사랑과 회한을 상징한다. 동요 「반달」을 부르는

탱자나무 열매는 가을에 노랗게 익으며 생김새가 비슷한 귤과 달리 시고 떫은맛이 난다. 향이 강하고 오래 유지되어서 방향제로 사용하기도 한다.

어머니와의 불화를 다룬 단편소설 「반달」에는 바닷가 염생식물인 함초가 등장한다.

「천지간」天地間은 전남 완도군 구계등九階嶝이라는 해변을 무대로, 생면부지의 여자를 그것도 폭설이 내리는 길을 세 시간 넘게 뒤따라간 인연에 대한 이야기다. 이 작품은 1996년 이상문학상 수상작으로 막 피기 시작한 동백꽃이 소설에 긴박감을 불어넣는다.

이처럼 대상의 정확한 이름을 불러주었을 때 좋은 글이 나온다. 전 국민의 애송시 김소월의 「진달래꽃」도 "영변의 약산 이름 모를 꽃"이라고 했으면 지금처럼 사랑받

동백은 11월부터 이듬해 4월까지 피는 겨울꽃이다. 곤충이 꽃가루를 옮겨주는
다른 꽃들과 달리 동박새가 꽃가루를 옮겨준다.

지 못했을 것이다.

작가들은 꽃의 이름을 익히기 위해 노력해야겠지만,
일반인들은 꽃 이름 때문에 스트레스받을 필요는 없다.
그러나 아는 만큼 보인다고 풀꽃 이름을 알고 보는 것과
모르고 지나치는 것은 분명 차이가 있을 것이다. 더구나
이름을 알면 풀꽃의 특징을 명확히 알 수 있는 경우가 많
다. '하늘말나리'라는 꽃 이름을 알면 꽃이 하늘을 향해
피고, 잎은 줄기를 빙 돌려 달린다는 특징을 짐작할 수
있다. '돌단풍'이라는 이름에서도 돌 틈을 좋아하고 잎이
단풍 모양임을 유추할 수 있다.

이름 모를 풀꽃을 보고 그냥 지나치면 영영 이름을 알수 없다. 요즘은 꽃 이름 알기가 전보다 수월해졌다. 전에는 잘 아는 사람에게 물어보거나 도감을 뒤지는 방법밖에 없었지만, 지금은 좋은 야생화 책이나 인터넷 사이트가 많다. 풀꽃을 계절별, 색깔별로 쉽게 찾을 수 있게 편집한 책이 많고, 꽃 사진을 올리면 자동으로 또는 '고수'들이 이름을 알려주는 어플리케이션도 많다. 세상의 절반은 식물이다. 풀꽃 이름을 아는 만큼 절반의 세상이 환해질 것이다.

꽃의 작가, 박완서

문학은 내 마음의 연꽃

박완서 작가를 수식하는 말은 많다. 천의무봉의 작가, 탁월한 이야기꾼, 한국 문학의 축복…. 모두 수식어로 손색이 없지만 나는 여기에 '꽃의 작가'라는 수식어를 하나 더 추가하고 싶다.

나는 소설 속에서 주요 소재나 상징으로 쓰인 꽃을 찾아 그 꽃이 작품에서 어떤 의미를 지니는지 짚어보는 데 관심이 많다.

박완서 소설에는 꽃이 많이 등장한다. 꽃이 많이 나올 뿐 아니라 꽃에 대한 묘사, 특히 꽃을 주인공의 성격이나 감정에 이입(移入)하는 방식이 탁월하다. 대표적인 소설이 『아주 오래된 농담』이다. 능소화를 "분홍빛 혀", "장작더미에서 타오르는 불꽃"에 비유하는 등 화려하기 이를 데 없다. 문학평론가 김윤식은 "능소화를 인간으로 바꾸어 이름을 현금이라 한 것은 소설적 방편에 지나지 않는다"며 "자본주의도 돈도, 여성의 현실이나 가부장제 비판도 능소화의 저 폭력적 황홀감에 비해 새삼 무엇이겠는가"라고 물었다. 김윤식은 차분한 톤으로 글을 쓰는 분이었는데, 박완서의 능소화에 대해서는 격정적으로, 능소화라는 꽃이 상징으로 쓰인 것을 놀라워하면서 글을 썼다.

「친절한 복희씨」도 마찬가지다. 이 소설만큼 박태기나무꽃의 특징을 잘 잡아내 묘사한 소설을 보지 못했다. 주인공 할머니는 결혼 전 가게에서 식모처럼 일할 때, 군식구였던 대학생이 자신의 손등에 글리세린을 발라줄 때 떨림을 느꼈던 기억을 간직하고 있다. 작가는 주인공 입을 통해 "내 몸이 한 그루의 박태기나무", "내 얼굴은 이미 박태기꽃 빛깔"이라고 했다. 버스 차장을 목표로 상경한 순박한 시골 처녀가 처음 느낀 떨림을 어쩌면 이렇게 생생하게 그릴 수 있을까. 작가의 이 표현으로, 박태기나무꽃은 화단의 흔하디흔한 꽃에서 문학적인 상징을 갖는 꽃으로, "황홀한 감각"을 숨긴 꽃으로 새로운 생명을 얻었다.

싱아는 이제 박완서 소설의 상징과도 같은 식물이다. 『그 많던 싱아는 누가 다 먹었을까』에서는 시큼한 여러해살이풀 싱아가 여덟 살 소녀의 고향에 대한 그리움을 상징한다. 이 소설이 150만 부 이상 팔리면서 이제 싱아를 잘 모르는 국민은 있을지 몰라도 싱아를 들어보지 못한 국민은 거의 없을 것 같다.

『그 남자네 집』에선 성신여대 근처 한옥을 기웃거리다 보리수나무를 보고 50년 전 첫사랑의 집임을 확신한다. 「거저나 마찬가지」에선 여주인공이 하얀 꽃이 만개한 때 죽나무 아래에서 실속을 못 챙기고 이용만 당하는 삶의 태도를 버리기로 결심한다. 「그 여자네 집」에선 꽈리가 옛 연인을 지키는 '꼬마 파수꾼의 초롱불'로 등장한다. 박완서는 사람들의 위선과 허위의식에는 가차 없는 시선을 보내지만, 주변 꽃은 한없는 애정으로 바라보며 또 다른 생명력을 불어넣는 것이다.

박완서가 꽃을 슬쩍 지나치듯이, 심지어 한 번만 언급했는데도 품격이 높아진 작품도 많다. 「그리움을 위하여」에는 "그 목소리를 들으며 명랑하게 조잘대는 시냇물 위로 점점이 떠내려오는 복사꽃잎을 떠올렸다"는 문장이 있다. 딱 한 번 '복사꽃잎'이라는 말이 나온다. 그러나 복

사꽃잎을 기억하는 사람이라면, 화사하면서도 요염한 복
사꽃의 이미지가 떠오르는 사람이라면 이 문장이 얼마나
보석 같은지 알 것이다. 「나의 가장 나중 지니인 것」에서
도 행운목꽃은 단 한 번 나오지만, 참척을 당한 어머니의
아픔이 뚝뚝 묻어난다.

소설 제목에만 꽃이나 나무를 넣고 정작 본문에서는
시치미를 뚝 떼는 작품이 있는 것도 특징이다. 아내와 사
별하고 장남 집에 얹혀사는 노인 이야기를 그린 「오동의
숨은 소리여」「그 살벌했던 날의 할미꽃」이 그렇다. 「마
른 꽃」「꽃을 찾아서」「꽃잎 속의 가시」「꽃 지고 잎 피
고」처럼 제목에 '꽃'이 들어간 작품이 많은 것도 작가의
꽃사랑을 짐작할 수 있게 한다.

박완서는 언제나 자신의 마음을 꽃에 비유하거나 꽃으
로 표현하기를 좋아했다. 『그 남자네 집』의 「작가의 말」
에서 작가는 "문학은 내 마음의 연꽃"이라고 했다. "진흙
탕에서 피어난 아름다움이었고, 범속하고 따분한 일상에
생기를 불어넣는 힘이었다"는 것이다. 작가의 산문집을
보면 꽃에 대한 묘사가 셀 수 없이 많다. 또 작가의 글을
읽다보면 꽃이 등장하는 대목에서 '작가가 정말 신바람
이 났구나' 하고 느낄 때가 많다.

꽃을 싫어하는 사람은 없지만 박완서가 특히 꽃에 관심을 가지게 된 계기는 무엇이었을까. 작가가 1990년대 후반 「서울주보」에 쓴 묵상들을 엮은 책 『옳고도 아름다운 당신』을 보면 그 이유를 알 수 있다.

사람은 누구나 자연의 품에서 무엇과도 바꿀 수 없는 깊은 위안과 평화를 얻습니다. 저도 그런 사람 중 한 사람입니다만, 나이 칠십이 임박해지면서 달라진 건 풀숲에서 살아 숨 쉬는 작은 들꽃과 미물들의 아름다움에 대한 개안과도 같은 깊은 감동입니다.

작가는 '개안'開眼이라는 표현을 쓰며 작은 들풀들의 아름다움에 감동을 느낀다고 했다. 개안은 '깨달아 아는 일'로, 주로 중요한 문제나 원리에 깨달음을 얻었을 때 쓰는 표현이다.

박완서는 70세가 거의 다 되어서 18년 동안의 아파트 생활을 청산하고 구리 아치울마을 노란집으로 이사했다. 작가는 노란집으로 이사해 아침마다 "해 뜨면 마당에 나가 잔디 사이의 잡초 뽑기, 새로 핀 화초하고 눈 맞추기 등 정원 일을 하며 부지런을 떨었"고 아차산을 오르내리거나 호수길을 걸으며 꽃과 나무들을 눈여겨보았다. 이처럼 박완서는 꽃을 직접 가꾸거나 오래 관찰했기에 그 특징이나 아름다움을 정확히 포착할 수 있었을 것이다.

때죽나무꽃은 수많은 하얀 꽃송이가 일제히 아래를 내려다보며 피는 것이 장관이다. 작가는 때죽나무 아래서 이 장관을 본 적이 있는 것 같다. 그러니까 「거저나 마찬가지」에서 때죽나무 아래 누워 눈을 감고, "내가 눈을 떴을 때 내 눈높이로 기남이의 얼굴이 떠오르든 때죽나무꽃 가장귀가 떠오르든 나는 후회하지 않을 것"이라는 문장이 나왔을 것이다.

복수초에 대한 묘사를 봐도 작가가 얼마나 관심을 갖고 이 꽃을 관찰했는지 짐작할 수 있다. 복수초가 피고, 눈에 덮이고, 눈을 녹이면서 꽃송이가 벌어지는 모습을 차례로 보았기에 복수초를 "(중학생 아들의) 황금빛 교복 단추", "눈 속에서 떠오르는 노란 보름달"에 비유할 수 있었을 것이다.

산문집 『두부』에 수록된 「마음 붙일 곳」을 보면 박완서가 식물을 얼마나 섬세하게 관찰하는지 알 수 있다.

살구나무 낙엽은 은행나무처럼 찬란하지 않은 소박한 누

런색이지만, 가지 끝의 잎들은 부끄럼 타듯이 살짝 붉다. 저 고운 빛깔을 무엇에 비할까. 혼자 보기 아까워하면서 바라보고 있는데 딸애가 푸듯이* 말했다. "엄마, 저 살구나무 가장귀 좀 봐요, 꼭 봉숭아 꽃물 든 손가락을 뻗쳐들고 있는 것 같잖아요." 아아, 그래 바로 그 빛깔이었구나. 딸의 표현은 절묘했고 나는 감동했다.

박완서는 『아주 오래된 농담』의 「작가의 말」에서 "재미와 뼈대가 함께 있는 소설을 쓰는 것이 내 소원"이라고 했다. 여기서 재미는 가독성을, 뼈대는 작품의 주제를 의미한다. 이렇듯 박완서는 대중성과 문학성을 함께 추구하겠다는 의지를 드러냈다. 나는 박완서 작품에서 꽃을 만날 때마다 "재미와 뼈대가 함께 있는, 기왕이면 꽃도 있는 소설을 쓰는 것"이 박완서의 소망이 아니었을까 생각한다. 작은 들꽃까지 소중하고 아름답게 여겼던 박완서를 '꽃의 작가'라고 부르고 싶다.

---

* 조용하게 있다가 불쑥 말하지만 혼잣말처럼 힘없이 말하는 모양 (『박완서 소설어 사전』).

꽃 이름 찾아보기

꽃 으 로　　박 완 서 를　　읽 다

지은이 김민철
펴낸이 김언호

펴낸곳 (주)도서출판 한길사
등록 1976년 12월 24일 제74호
주소 10881 경기도 파주시 광인사길 37
홈페이지 www.hangilsa.co.kr
전자우편 hangilsa@hangilsa.co.kr
전화 031-955-2000-3　　**팩스** 031-955-2005

부사장 박관순　　**총괄이사** 김서영　　**관리이사** 곽명호
영업이사 이경호　　**경영이사** 김관영　　**편집주간** 백은숙
편집 박희진 노유연 이한민 박홍민 배소현 임진영
관리 이주환 문주상 이희문 원선아 이진아　　**마케팅** 정아린
디자인 창포 031-955-2097
인쇄 예림인쇄　　**제본** 예림바인딩

제1판 제1쇄 2019년 11월 29일
제1판 제4쇄 2024년　2월 20일

값 18,000원
ISBN 978-89-356-6329-3 03810

• 잘못 만들어진 책은 구입하신 서점에서 바꿔드립니다.
• 이 도서의 국립중앙도서관 출판시도서목록(CIP)은 서지정보유통지원시스템
　홈페이지(seoji.nl.go.kr)와 국가자료공동목록시스템(www.nl.go.kr/kolisnet)에서
　이용하실 수 있습니다. (CIP제어번호: CIP2019047109)